# えがおの宝物

## 進行する病気の娘が教えてくれた「人生で一番大切なこと」

加藤さくら

光文社

あなたが笑顔になるとき、
それはどんなときですか？
大切な人は、
どんな笑顔をあなたに見せてくれていますか？

笑顔。それは、あなたや、あなたの大切な人を
幸せにする宝物。
神様が人間に与えてくれた、
かけがえのないギフト。

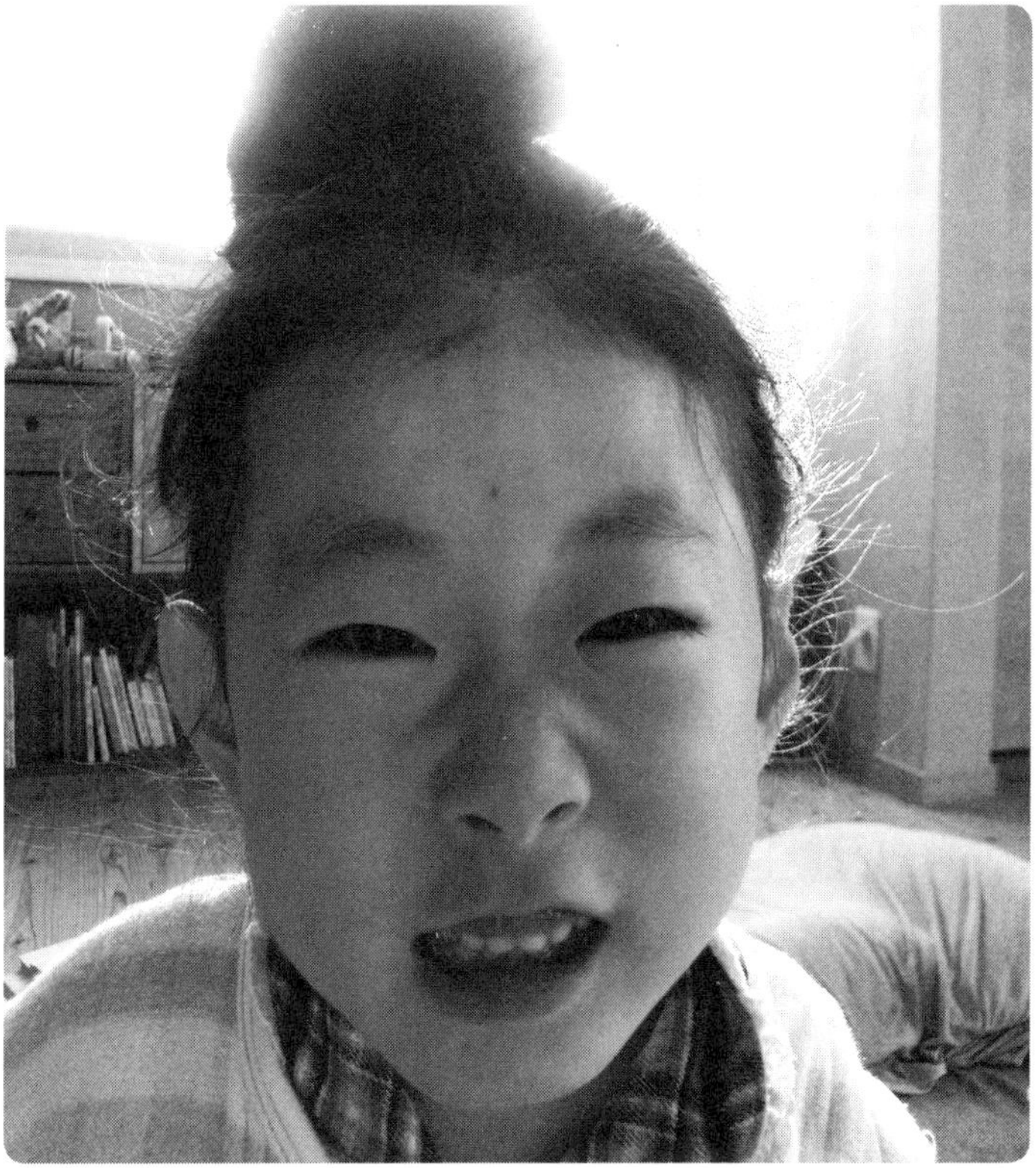

心の囚《とら》われを外して、
自分の気持ちに素直に生きれば、
いつだって、
笑顔という名の尊い宝物に
気づくことができるのです。

# はじめに

あなたは毎日、心から笑っていますか？

家族、親戚、恋人、友だち、仕事仲間と笑い合って生きていますか？

次女の真心《まこ》は生後6カ月のとき、「福山型先天性筋ジストロフィー」と診断されました。現在、5歳になりますが、歩くことも、しゃべることもできず、周りの人に全介助を受けなければ生きていけません。やがて、小学校低学年くらいで筋力のピークを迎え、その後は徐々に寝たきりになっていき、若くして亡くなる方が多い病気です。現在の時点で、治療法は確立されていません。

初めてこの病気を宣告されたときは、人生に黒幕が降ろされたように感じ、夫婦ともに、すべての希望を断たれた暗闇のなかに突き落とされた気持ちになりました。

生まれてすぐにわが子の死を考えなければならないなんて……。

ウソだ！

きっと何かの間違いに違いない！

何度もそう思い、事実を直視できず、精神状態は不安定に。そんなとき心の支えになってくれたのが、家族や友だちのほかに、独身の頃から学んでいた心理学や、第一子が生まれてすぐに学んだ「親業」というコミュニケーションプログラムでした。

これらは、娘の病気によって自分の感情がどうにかなりそうな私に、「子どもには子どもの人生があること」「私にも私の人生があること」を教えてくれたのです。

正直、真心の病気を受け入れるまでは、何を見ても何を聞いても笑う心境にはなれず、幸せそうな人を見るたび妬《ねた》む気持ちでいっぱいでした。

しかし、今、加藤家は笑顔であふれています。決して強がっているわけではなく、実際、私の心は、真心が生まれる前よりも今のほうが、断然楽しいし、幸せです。

なぜ？　それは、障がいのある真心と過ごす毎日のなかで、うれしいときはうれしい、悲しいときは悲しいと、自分にウソをつかずに生きることが大切だと気づかされたから。つらいときは思い切り泣いて、楽しいときは思い切り笑う、自分の心に正直に素直に生きていい。そう教えてくれたのは、まぎれもない真心だったのです。

本書にも書きましたが、私は昨年、一人でフランス旅行に出かけました。私が挑戦してみたいことを家族に叶《かな》えてもらったのです。そのとき、パリのある教会を訪れ、空いている椅子に座って心を鎮めていたときのこと、

「子どもたちの笑顔を守りなさい」

と、マリア様から言われた気がして、素直に「はい。わかりました」と答えている自分がいました。その言葉は幻だったのかもしれません。でも、そのとき私はハッと気づいたのです。やっぱり、真心は笑顔の大切さを教えるために生まれてきたのだと。

これから先、どんどん筋力が低下していく彼女は、今以上に不自由になり、過酷な状態が待っていることでしょう。そのうち表情筋も硬直し、今見せてくれている素敵な笑顔もつくれなくなるときがくるかもしれません。表面だけを見れば、とても悲しく、不幸に映る出来事です。

しかし、そんな真心の心の奥底を見つめると、いつだって、「ママ、楽しいね。幸せだね！」という心からの笑顔があふれているのです。

笑顔は表情筋を使えばつくれます。でも、心が笑っていない笑顔も存在します。彼女は病気が進行して、たとえ表情筋が動かせなくなったとしても、きっと変わらず心の笑顔を見せてくれるはず。そのためにも、周りにいる私たち、とくに母親である私が心から幸せだと感じて生きることが大前提だと思っています。

本書は、「泣かせる本」ではありません。真心の病気のおかげで気づくことができた「感情に素直になること」「今この瞬間を精いっぱい生きること」「笑顔を大切にすること」の素晴らしさを、あらゆる人に知ってほしいという思いで書かせていただきました。また、私たち夫婦がどん底から這《は》い上がるきっかけとなった、心理学や「親業」の手法などについても、参考になればと思い巻末に紹介しています。

今、人生に迷いを感じている方、人間関係のトラブルを抱えている方、子育てに疲れている方、パートナーや友人との関係がうまくいかない方……。本書を読むことで清々《すがすが》しい気分になり、一日一日を大切に生きたいと思っていただければうれしいです。

あなたにたくさんの笑顔があふれることを、願っています。

CONTENTS

# 4章

## 最後まで、あきらめない！

## 5章 「あとで」はなし。今、やりたいことをやる！



CONTENTS

# 6章 私らしく生きる

CONTENTS

ブックデザイン　萩原弦一郎　橋本雪（デジカル）
写真　後藤さくら（カバー、P5、115、185）
ライフスタジオ（P31）
古賀ちひろ（P75、口絵「バギーでお出かけ」）
加藤さくら・加藤悠太（その他すべての写真）
編集協力　梅木里佳（チア・アップ）

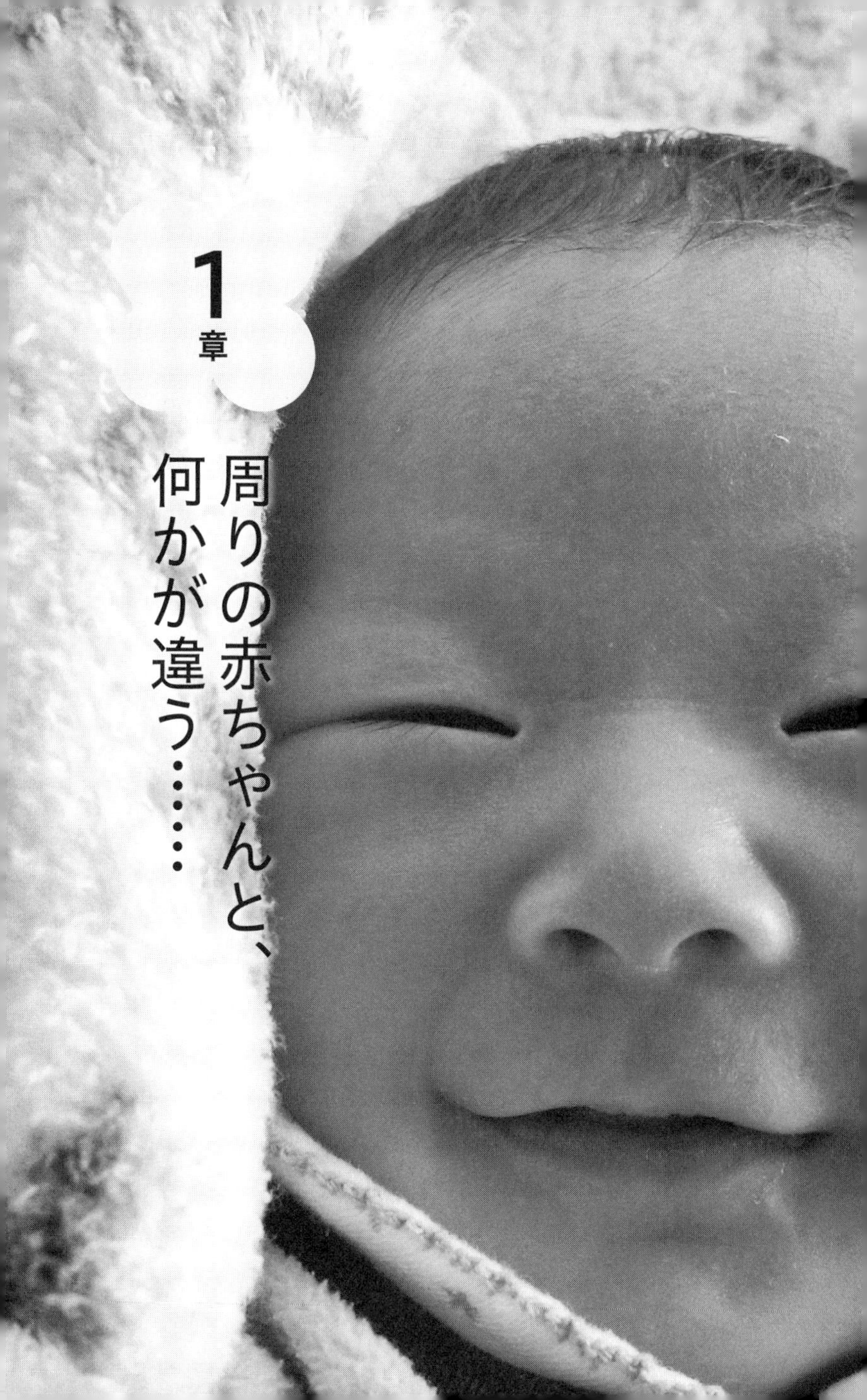

# 1章

# 周りの赤ちゃんと、何かが違う……

# 神聖な時間のなかで

2010年3月12日、午前2時48分。加藤家の第二子として、3198gの女の子が生まれました。長女もお世話になった街の小さな産婦人科での出産。夫立ち会いのもと、陣痛から4時間ちょっとという安産で生まれてきてくれたわが子の元気な産声が、分娩室中に響き渡りました。

そんななか、分娩台の上で、生まれてきてすぐのわが子をカンガルーケア（母親の胸元に赤ちゃんを抱くケア）すると、上手におっぱいを探して飲み始めました。私と夫は、そんなわが子をじっと見つめながら、「よく生まれてきてくれたね～」「がんばったね～」と声を掛け合いました。

実は、長女が生まれたとき、私の発した第一声は、感動とはほど遠い「あ～スッキリした!!」でした。とにかく、「おなかに詰まったものを早く出したい！」の一心だったのです。

その後、二人目を妊娠して、同じ産婦人科にお世話になったとき、先生から「赤ちゃんもがんばって出てくるから、生まれたときは赤ちゃんにも労《ねぎら》いの言葉をかけてあげてね」と言われて、猛反省。

次女の出産では、必ず赤ちゃんを思いやる言葉をかけようと決めていたのです。


無事に出産が済みホッとしたのも束の間、先生と助産師さんたちは、私と並行してお産に入ったもう一人の妊婦さんの出産でてんやわんや。その後、先生と助産師さんたちは、とうとう隣部屋の家族の出産に行ってしまいました。

生まれたばかりのわが子は、夫の腕のなかで1時間くらい抱っこされていました。

長女が生まれたときは低体温だったこともあり、私がほんの少しだけカンガルーケアをしたあとはすぐに保温器へ。夫がわが子を抱っこしたのは翌日でした。打って変わって、次女は生まれてすぐパパに抱っこしてもらえたわけです。それも長い時間……。

おかげで、夫婦二人で、たった今この世に生まれてきてくれたばかりの娘とともに、神聖な静かな時間をゆっくりと過ごすことができました。

夫は、生まれて間もない小さな小さなわが子を抱っこしながら、「この子を一生守る」そう心に誓ったそうです。

## お地蔵様のような癒し系女の子

命名「真心《まこ》」。
自分の心に素直に、真っすぐ生きてほしい。

そんな思いで夫とともに命名しました。長女のときは、おなかに命が宿る前から、「私たちに大切なのは〝ゆとり〟だよね。〝ゆとり〟がほしいよね〜」というように、お互い〝ゆとり〟という言葉を気に入っていたため、子どもができたら名前は迷わず「ゆとり」にしようと決めていたのです。今でこそ「いい名前だね〜」とみんなに言ってもらえますが、〝ゆとり教育〟の批評にともない賛否両論あったのは事実（笑）。

二人目の命名は、正直かなり迷いました。夫も私も〝心〟という言葉が好きなので、早々に〝心〟を入れることは決まっていました。

臨月近くのある早朝、電車に乗って産院の検診に行く途中、窓から地球を温かく照らす朝日が昇ってくるのが見えました。そして、オレンジ色のぽかぽかした光を見ながら、ふと思いついたのが「真心《まごころ》」という言葉だったのです。

すぐに、「心に真っすぐに生きるって、いい言葉だな〜」と感じました。でも、「まごころちゃん」も変だし……。

そのとき、父の名前を思い出しました。父は「誠《まこと》」という名前で、みんなから「まこちゃん」という愛称で親しまれています。「真心」と書いて「まこ」と呼ばせるのもかわいいなと思い夫に伝えると、「素敵な名前だね！」と賛成してくれました。

そして、生まれてきたわが子の眼差《まなざ》し、雰囲気にもぴったりの「真心」という名に決定しました！

真心は、生後2日目くらいからニヤニヤし始めました。まだ笑顔とは言えないけれど、明らかにニヤニヤ、ニコニコしている赤ちゃん。

「下の子って手がかからないっていうけど、本当だわ！」と実感したくらい穏やかで、ちょうど赤ちゃん返り真っ盛りの2歳の長女にしっかり時間を費やすことができたくらい、おとなしかったのです。この〝おとなしい〟理由が、下の子だから、というだけじゃなかったことを、あとで知ることになったのだけれど……。

真心の周りを流れる空気、時間はと〜ってもゆっくり。夫は真心をあやしながら、「真心と一緒にいると眠くなる」と言って、いつも自分のほうが寝てしまうくらい(笑)。まるで、お地蔵様じゃないか？　と思うような穏やかな表情とゆっくりとした雰囲気で家族や周りを癒してくれる存在だったのです。

## 生まれる前から〝ドキッ〟の連続

実は、真心を妊娠してから、ドキッとさせられる出来事が何度か続きました。

最初の〝ドキッ〟は、妊娠がわかって初めて産婦人科に行ったときのこと。胎児の心拍が聞こえずエコーをとったところ、医師から「胞《ほう》状《じょう》奇《き》胎《たい》かもしれないね」と言われました。胞状奇胎というのは、受精卵から胎盤のもとになる絨《じゅう》毛《もう》組織が正常に発育せず、絨毛が水ぶくれの状態になる異常妊娠です。実際、エコーを見せてもらうと、子宮内にぶどう状のような粒がいくつも見えていました。

胞状奇胎と診断された場合は、残念ながら流産させるしかないのですが、とりあえず様子を見て、２週間後にまた受診することになりました。

「せっかく授かった赤ちゃんだけど、生んであげることはできないのかな」と２週間を沈みがちな気持ちで過ごしたあと、産婦人科でエコーをとってみると、「あれ？　消えてる！　なんだったんだろう……」という先生の驚きの声。「心拍も確認できてますよ」と言われ、ホッと一安心しました。

２回目の〝ドキッ〟は、真心が生まれてすぐの聴覚検査での出来事。出産入院中に、赤ちゃんの耳が聞こえているかどうかの検査をするのですが、なぜか何回検査をしてもうまくいかないのです。結局、退院後、聴覚検査のために3回ほど病院に足を運ぶことに。その間、１カ月くらい、「もしかしたら、この子は耳が聞こえないんじゃないか……」と不安な日々を過ごしました。そして、退院後3回目の聴覚検査で、やっとパスすることができ、「聴覚は正常」と言われ、よかった〜と胸をなでおろしたことを覚えています。

3回目の〝ドキッ〟は、1カ月健診でのこと。1カ月健診は、出産のときにお世話になった産婦人科のベテラン先生に見ていただきました。

このとき、体重も順調に増え健康状態は良好でしたが、左股間節の開排《かいはい》制限（足の開きが悪いこと）があるかもと指摘を受けました。そのため、ほかの病院の整形外科を受診したのですが、ここでも「異常なし」と診断されました。

どの結果も「異常なし」でしたが、なぜか不安にさせられるようなことが起こるのです。今考えれば、いきなり大きな病気を宣告されて私たちがびっくりしないように、少しずつ心の準備をしておくための、神様のはからいだったのかもしれません。

でも、当時はまったくそんな考えはなく、子どもは普通に成長していくものだと思っていたのです。

## 成長が遅いのは、ゆっくりさんだから？

1カ月健診の頃の母子手帳を見ると、〝便秘がち、よくニコニコしている、夜5〜6時間まとまって寝る、おしゃぶりが上手！〟と書いてあります。

「子育てについて困難を感じることはありますか？」の質問には、「いいえ」に丸がついています。やっぱり真心は手がかからない子だったのだ、と改めて思います。

3カ月健診でも健康状態は良好！　自宅近くの小児科で受診したため、1カ月健診のときの先生とは別の先生でしたが、股関節の開排制限も異常なしと言われて一安心。

母子手帳には、〝よく寝てくれる〟〝あーうーとよく話す（喃語《なんご》）〟〝便秘がち。母乳が足りずミルクを足す〟とあり、「子育てについて困難を感じることはありますか？」の質問に「はい」と答えています。

そう、３カ月の時点で、長女の成長と明らかに違うのです。
首がすわらず、動きが活発ではない……。

心配で小児科の先生、保健師さんなどにこっそり聞いてみると、「成長がゆっくりなだけだよ。目の動きもしっかりしているし、表情も豊かだし！」と言ってもらえたので、「そうだ！　ほかの子と比較するのはいけない！」と不安な気持ちを押し殺していました。

しかし、同じ月齢の子と遊んでいても、明らかに運動能力が違います。哺乳瓶の飲みが悪く、乳首のサイズを変えてみたりもしました。布団を足で蹴飛ばすこともなかったし、寝返りもなかなかしません。

真心とゆとりを連れて近所の子育て広場にも出かけ、真心と同じ月齢くらいの子を持つお母さんから「寝返りができるようになった」「両手でおもちゃをつかめるようになった」などという話を聞くたび、「うちの子、まだできてない……」と、不安が押し寄せてきました。

しかし、ほかの子と比較する自分を責めては「うちの子はゆっくりさんなんだ！」

と自分に言い聞かせていたのです。

とはいえ、長女を育てた経験や、母子手帳の成長グラフ、育児書に書かれている情報からすると、どう考えても真心の成長は遅すぎます。

通常、首がすわるのが3〜4カ月、おすわりをするのが6〜7カ月、と母子手帳や育児書には書かれています。長女の成長を思い返してみると、3カ月で首がすわり、4カ月で寝返りをして、6カ月でおすわりをしていました。

一方、真心は……、6カ月になっても首もすわらず、寝返りもせず、そんな感じだからおすわりやハイハイなんてまったくする気配もなかったのです。でも、熱があるわけでもないし、すぐに病院へ行く理由が見つからない。むしろ、真心本人は、ニコニコとご機嫌な毎日を過ごしていました。

そんな彼女と過ごす穏やかな日々とは裏腹に、ふとした瞬間に、「何かの病気なんじゃないか」という「イヤな予感」が頭をよぎっていました。でも、実際口に出すと現実になりそうで怖くて、私の胸の内だけにとどめていたのです。

## 6カ月健診でもらった大病院への紹介状

そして、6カ月健診。1カ月健診、3カ月健診とは違い、自己負担での受診になる任意の健診なので、受診しないという選択肢もありました。そのときの母子手帳にはこう書いてあります。

「やっぱり、おかしい。5カ月を過ぎても首がすわらないなんて……」

私は受診を決めました。自分のなかのモヤモヤした気持ちをハッキリさせるために。

3カ月健診でお世話になった小児科の先生のところへの受診でした。

数カ月前にきたときは「ここの小児科かわいい内装だな〜。音楽もオルゴールで落ち着くな〜♪」と気持ちに余裕がありましたが、今回の受診では、まったくそんな気持ちになれません。順番待ちの時間、真心を抱っこしながら、彼女のニコニコした表情を見て、自分を落ち着かせているのが精いっぱいでした。

順番がきて部屋に入ると、先生が明るく「こんにちは！」と迎えてくれました。その後の様子を聞かれ、やっぱり首がすわらないことを告げると、明るかった先生の顔から笑顔が消え、真剣な表情で真心の体を触診し始めました。

「すぐに近くの大きい病院に紹介状を書くから精密検査をしてきて」

先生のその言葉で、私の不安は一気に高まりました。看護師さんたちは、「成長がゆっくりだから、とりあえずの検査だよ」と言ってくれましたが、私の心のザワザワは止まりません。〝成長がゆっくりなだけよ〜〟と言われていたのが、ずっと昔のことのように思えました。

数週間後、近所の大病院での検査入院の日を迎えました。平日だったため、夫は仕事へ、代わりに私の父が仕事を休んで朝早く病院まで送ってくれました。検査入院は1泊する必要があったため、当時2歳の長女・ゆとりは実家で預かってもらうことに。

最近になって、この日のことを夫に聞いたら「まったく心配していなかった」という楽観的な答えが返ってきて、びっくりしました（笑）。「とりあえず、検査しておく」くらいの軽い気持ちだったようです。その頃、社会人からの大学院受験を目指していた夫は、「今日は家族が家にいないから、仕事が終わったらカフェに行って遅くまで勉強しよう」と思っていたそうです。

楽観的な夫に恵まれ（?）、私自身も深刻に考えすぎないようにしようと、自分を律していたように思います。

そんなわけで、「何かの病気だったらどうしよう」という不安を抱きつつも、「私の悪い妄想だ。真心が病気なわけないじゃない」と自分に言い聞かせ、わきあがる不安を打ち消しては、平静を保っていたのです。

# 2章 一夜にして、健常者から障がい者へ

## 絶対に何かある……

真心が生まれて、初めての入院となりました。入院といっても、真心は元気そのものなので、なんだか変な気分です。

病室は数人の相部屋。幼児期は付き添いが必要なため、親たちは常に狭いベッドの脇で過ごします。体調不良で入院しているわけではないので、気晴らしに売店でお菓子を買ったりして、検査の合間時間を過ごしていました。

まずは、問診と触診。担当になった若い男の先生から「フロッピーインファントだね」と言われました。フロッピーインファントとは、筋肉がやわらかくぐにゃぐにゃする（フロッピー）乳幼児（インファント）という意味。低《てい》緊《きん》張《ちょう》乳《にゅう》児《じ》、別名、フロッピーベビーとも言うそうです。

フロッピーインファントとは言っても、ただ成長が遅いだけのこともあるし、何か病気が隠れていることもあると言われましたが、この先どうなるかといった説明もなかったため、「はぁ、そうですか～」というやりとりしかできませんでした。

その後、病室のベッドで次に呼ばれるのを待っていると、ぞろぞろと4～5人のお医者さんたちがやってきました。今度はベテランっぽい男の先生がきて「研修医の人たちも一緒に問診立ち会ってもいいかな？」とおっしゃるので、「どうぞ、どうぞ」と快諾しました。

ベテラン先生は、真心の体を触りながら、ゴソゴソと研修医に何か話しています。そして、ひと言「月に5～6人くらい成長が遅いって受診するんだけど、だいたい何もないから。大丈夫、大丈夫！」と、まるで高田純次さんのように軽く、明るい笑顔で言ってくれました。

ベテラン先生のその言葉で、「あっ、やっぱり成長が遅かっただけなのかも！」と安心し、緊張の糸がほどけた私は、さっき売店で買ってはいたけれど食べる気力がわかなかったお菓子をようやく食べ始めました。

その後、検査が始まりました。検査内容は頭部のＭＲＩと血液検査。検査自体は1時間もせずに終わり、その後ずっと、検査結果を病室で待つことに。とくにやることもなく、「そろそろ検査の結果が出ているはずだけど、遅いなぁ〜」と思っていた夕方頃、一番最初に触診してくれた若い男の先生が部屋にやってきました。

「あれ？　ご主人は？」と聞くので、「平日なので仕事ですけど……」と伝えると、少し真剣な表情で、「あの〜、ご主人と二人で結果を聞いていただきたいので、何とか病院まできていただけませんか？」と言われました。

その言葉を聞いたとき、「やっぱりよくない結果だったんだ。どうしよう……」と底知れぬ不安でいっぱいになりました。

すぐに夫の会社に電話をして、一緒に検査結果を聞いてほしいと言われたことを告げると、「なんか深刻な感じだね。すぐ向かうよ」と言ってくれました。私の心は張り裂けんばかりにザワザワしています。「絶対何かあるんだ……」と初めて確信した瞬間でした。

最近になって、夫にこのときどんな気持ちだったのかを聞いたのですが、私からの電話があったとき、なんと、夫はまったく心配していなかったそうです。「夫婦で食い違いのないように、とりあえず検査の結果を一緒に聞いてほしい」くらいにしか思っていなかったと言われ、夫の楽天的な性格をこれほどまでに羨《うらや》ましく思ったことはありませんでした（笑）。

## キンジストロフィー？？？

夫の職場から病院まで距離もあったため、夫は連絡してから3時間後くらいに病院に到着しました。夫が病院に着いたことを先生に伝えると、すぐに相談室のような白が基調の部屋に通されました。

夫の隣に真心を抱っこした私が座り、テーブルをはさんだ向かいに先生が座りました。きっと差し障りのない会話が少しの間繰り広げられていたのだと思いますが、どんな会話をしたのかまったく覚えていません。とにかく緊張していて、「検査結果はどうなのだろう……」それればかり考えていました。

そして、先生がスッと私たちの前に1枚の紙を差し出しました。そこに書かれていたのは、「筋ジストロフィーの疑い」という文字。

先生は、MRIで脳を見た感じ、そして、血液検査でCK（クレアチンキナーゼ）という値に異常が見られたことから、筋ジストロフィーの疑いがあると診断したと言います。

「キンジストロフィー？？？」

最初そう告げられたとき、テレビで聞いたことがあったような気がする、という程度で、正直、私はあまりピンときていませんでした。私のなかで筋ジストロフィーに対する情報があまりにも少なかったのです。

ふと、隣に座る夫を見ると、診断書を一点に見つめたまま、彼の鼻息が徐々に荒くなっていくのがわかりました。常に楽観的で冷静、何があっても決して取り乱したりしない夫がこんなに鼻息を荒くしているということは、大変な病気に違いありません。

〝あ、きっと取り返しのつかないような病気なんだ！〟

夫の姿を見て、初めて事の重大さに気がついたのです。

先生は、「お父さん、お母さん、覚悟してください。進行性の病気です。立つことも歩くこともできないでしょう。自分でできることが少ないかもしれません。でも、周りの協力があれば生きていけます。幸いこの辺りでは支援の体制がたくさんある。周りの協力を頼りにしていきましょう」と、こんな感じで励ましてくれたと思います。

ただ、そのときの私には「あ、立てないんだ。歩けないんだ。寝たきりなんだ。たくさんの人の協力がないと、この子、生きていけないんだ」とネガティブな情報だけが頭に引っかかっていました。夫と共通で鮮明に覚えているのが、「覚悟してください」という事の重大さを教えてくれる言葉があったということ。

そんなやりとりをしている最中も、ずっと私の腕のなかで抱っこされていた真心。「あなたは一生立つことも歩くこともできない病気ですよ」と、言われた当の本人はどんな気持ちでこの会話を聞いていたのでしょうか。

このとき私は、抱っこした真心の顔を見て、「ついさっきまで健常、健康状態も良好！　だったのにね……」と心のなかで真心と会話をしていました。

いつもと変わらぬ穏やかな、お地蔵様のような表情で私を見る真心を抱っこしていたからか、宣告された直後は取り乱したり、号泣《ごうきゅう》したりすることはありませんでした。ただ、ときが止まったような、頭の中が真っ白になるような、そんなフワッとした感覚が何度も襲ってきました。

## つらい報告

相談室から出て、病室に戻ると、午後8時過ぎ。小児病棟は間もなく就寝時間です。相部屋でカーテンで仕切られているだけの空間では、夫とゆっくり話すこともできません。ただ、検査結果を心配しているであろうお互いの両親に電話をしないと、と真心を寝かしつけながら、私と夫と順番に電話をかけに行きました。

まず、私の両親。実家に電話をすると、母が出ました。「ゆとちゃん（長女のゆとりの愛称）、どう?」と気軽な会話から始まり、検査結果を告げました。

「なんか、筋ジストロフィーの疑いって言われた……」

するると、ちょっと沈黙があったあと、母は「あなたは大丈夫なの？」と私の心情を察してくれる言葉をくれて、そこで初めて涙があふれました。

〝あぁ、私、今いったい何が起きているのか把握できていなくて、すごく動揺しているんだ……〟そう痛感したのです。そう、わけがわからない。さっきまで健常だと言われていた子どもが急に「重い病気です、障がい者です」と言われて混乱していたのです。とはいえ、長話もできないので報告だけをして、長女のお世話を引き続きお願いして、電話を切りました。

夫も、夫の両親に電話をかけに行きました。案外早く部屋に戻ってきたのでどうだったかと聞くと、「おやじが出た。筋ジストロフィーかもって言ったら、沈黙のあと電話が切れちゃった……」とのこと。

後日、夫の母から聞いた話によると、じっこ（義理の父の愛称）は電話を切ってオイオイ泣いていたそう。孫が大好きで、孫が生きがいのじっこだからこそ、真心のことが自分のことのようにつらかったのだと思います。

電話では冷静に話していた私の母も、母と一緒にいた私の妹から聞いた話によると、電話を切ってすぐにネットで〝筋ジストロフィー〟について調べて、その内容を知り、妹と一緒に泣いたそうです。

夫と話したかったけれど、就寝時間で同室の方々もいたので、あまり会話をしないまま、夫は帰宅、私はスヤスヤ寝ていた真心と狭いベッドのなかで夜を過ごしました。

## ✤ 寿命は10代だなんて……

私の頭のなかは、真心の病気のことでいっぱい。眠れるわけもなく、夜中、病室から出て携帯で〝筋ジストロフィー〟について無我夢中で調べていました。

筋ジストロフィーといっても、いろいろな種類があります。そのなかでも疑いが強かった、福山型先天性筋ジストロフィーについて集中して調べました（筋ジストロフィーで一番多いデュシャンヌ型は、世界中で症例がありますが、男の子にしか発症しません。真心の場合、そのほかの筋ジストロフィーとは症状が違うため〝福山型〟ではないかと言われていました）。

ネットですぐに日本筋ジストロフィー協会のホームページを見つけました。そのなかで真っ先に開いたのは、病気の症状の項目。真心はこの先、どうなってしまうのか。一番気になるところでした。そのサイトにはこんなふうに書かれていました。

・生下時から呼吸不全、哺乳力低下をみるものもある。
・首がすわるのは平均生後8カ月と言われている。
・多くの場合、2歳前後でおすわりまでできるようになるが、歩行できるようになるのは極めてまれ。
・平均寿命は*12歳前後。
・全例に中〜高度の知的発達遅滞をみる。
・多くは単語のみがしゃべれて、きちんと文章までしゃべれる方はまれ。
・顔面筋が弱いので、口をポカンと開けていることが多い。
・頬は偽性肥大のためふっくらとしていて、目はさわやかに輝いている。

*これは昔のデータで、現在は医療の発達のおかげで延びているようです。

唯一の救いの文章が「目はさわやかに輝いている」という節。でも、何の根拠があってそんなことが言えるのか、とそのときの私は冷ややかにとらえていました。

ほかは血の気が引くというか、現実味がないというか……正直、隣で寝ているわが子のことではなく、ドラマか何かのストーリーを読んでいるような他人事《ひとごと》でした。

涙は出てくるけれど、まったく実感がわかなかったのです。実感がないものだから、「ウソだ、きっと何かの間違いに違いない」と思うことで正気を保っていたのかもしれません。携帯でネット検索しては、ただ茫然《ぼうぜん》とする状況。この先の真心の人生、私たち家族がどうなるのかが不安でしかたなく、一晩中、ぐるぐるした不安の渦《うず》のなかで過ごしました。

さらなる確定診断のため、担当医が東京女子医科大学病院（以下、女子医大）へ行くように紹介状を書いてくれたので、翌日受診することになりました。

朝、仕事をお休みした夫が迎えにきてくれて、「眠れなかったね」と同じ気持ちで夜を過ごしたことを確認し、私たちは退院したその足で女子医大に向かいました。夫も私も女子医大に向かう足取りはとてつもなく重く、でも、早く間違いだと聞きたい気持ちとで矛盾していました。

## どう生きていけばいいのかわからない

女子医大での受診。間違いだと言ってほしい、そんな希望はすぐに打ち砕かれました。目の前に座った女医さんは、問診と先日の検査結果を見て、開口一番「ほぼ筋ジストロフィーで間違いないですね」のひと言。その後、こう続きました。
「立つことも歩くこともできないでしょう。治療法は現段階ではありません。なので、病院としては現時点で何もできることがありません。幼児期に感染症で肺炎になり命を落とすことがあるので、集団生活は避けて、外出もなるべく避けてください」

実際先生がおっしゃった言葉は、もっとやわらかい表現だったかもしれません。ただ、私の記憶にあるのは、すべてネガティブな情報と箇条書きのような事実で、胸に突き刺さるものでした。夫も同じように感じていたようです（あれ以来、その先生とはお会いする機会がないままです。先生には申し訳ないのですが、弱っている心に銃弾を撃ち込まれたかのようにすっかり打ちのめされてしまい、ネガティブな印象のまま記憶に残っています）。真心も当たり前のように保育園、小学校、中学校、高校……成人式を迎えるものだと思い描いていた私のイメージが、一瞬で黒幕を閉じたかのように真っ暗になりました。

感染症から守らなければ……。
でもそれって軟禁生活をするってこと？
公園に行くのも、買い物に行くのもダメ。旅行なんてもってのほか。
ゆとりもその生活に巻き込むことになるのだろうか？
あっ、私仕事なんかできないじゃないか。辞めなきゃ（当時育休中）。
私、今後の人生は病気・看病・介護という十字架を背負って生きていくんだ。
人生、おしまいだな。これからは真心のために生きるんだ、私……。

ネガティブがネガティブを呼び、私の顔からは完全に笑顔が消えました。というより、この先の人生が闇に包まれたようで、とてもじゃないけれど笑えなかったのです。

問診と自宅近くの病院での検査結果から、ほぼ福山型先天性筋ジストロフィーであることは間違いないと言われていましたが、詳細も含め確定するためには遺伝子検査が必要ということで、後日、女子医大に検査入院をすることになりました。

受診後、駅までの道のりを真心を抱っこしながらとぼとぼ歩き、ふと隣を歩く夫を見上げると、彼の目に涙がにじんでいました。知り合って5年以上経《た》つけれど、彼が泣いているのを初めて見ました。そのとき、どんな会話をしたのか、まったく記憶にありません。きっと会話はなかったのかもしれない。そんな余裕がなかったのだと思います。

いったん自宅に帰り、この間、長女を預かってくれていた私の実家に夫の運転で向かう車中、私は何か言葉を発するたびに泣いていました。

「真心は死んじゃうのかな……。寝たきりになっちゃうのかな……。この先、どうなっちゃうんだろう……」。とにかく不安でした。夫も同じく動揺していたので、私の話を聞けるわけもなく、私も彼の心情を察する余裕があるわけもなく、私たちはネガティブな感情にぐるぐると飲み込まれていたのです。

## 黙って聞いてくれた父の優しさ

実家に着くと、いつもと変わらないゆとりの姿と、やや心配そうだけれどいつもどおりを装ってくれている両親、当時実家で暮らしていた私の妹がいました。

実家に着くまで、夫が運転する車の中で泣きすぎて目が腫《は》れていましたが、不思議とゆとりを目の前にすると「正気でいなくちゃ！」とスイッチが入る感じがしました。

私が奈落の底に突き落とされたここ2日間は、ゆとりにしてみれば、まだ2歳なのに、親に会えずがんばっていた日々なのです。私は「ゆとりのケアをしなきゃ！」と、今思えばだいぶ無理して気力を振り絞って接していたのだと思います。

でも、正直、しんどかった……。笑えないのに子どもの前では笑顔でいなきゃ、と思う自分。本当は発狂したいくらい心も頭も混乱している自分。今思い返すと改めて、ゆとりの前では〝いつものお母さん〟でいようと無理していたなぁと思います。

その日、私はそのまま実家に子どもたちと一緒に泊まり、夫は翌日仕事のため、自宅に戻りました。

そんな混乱状態の私が、少し前に進めた出来事がありました。

女子医大から帰った日の夜、娘たちが寝静まったあと、私はリビングで父と母に、病院で言われたことや、改めて真心の病気について報告をしました。筋ジストロフィーで間違いないと言われたこと、福山型先天性筋ジストロフィーの遺伝子検査と確定診断のための検査入院が必要なこと、治療法はないから今は何もすることはないと言われたこと。

私は事柄を淡々と伝えることから始めました。それを父は、ただ「うん、うん」と聞いてくれました。そのうち、報告する事柄がなくなると、私は自然と自分の内側の感情に目を向けて話すようになりました。

「真心がどんな姿になってしまうか、今後を考えると不安でしかたない。寿命が10代だと書かれているけど、30歳過ぎまで生きている例もあるらしい。だけど、いずれにせよ人工呼吸器など医療ケアがないと生きられないなんて悲しい。真心が寝たきりになって、苦しむ姿を想像したくない。症状が進んで筋肉が硬くなったら、笑顔も見られなくなるなんてつらい。死んじゃうなんて、あんまりだ！」

私のなかからあふれ出てくるネガティブな感情にも、父はただただ黙ってうなずいて聞いてくれました。そして、病気がわかったときから、私の心のなかにモヤモヤと考えてはいたけれど、あえて口に出せずにいたことを吐き出しました。

「真心は何も悪くないのに、きっと私の日頃の行いが悪かったから罰が当たったんだ。私が今まで好き放題に生きてきたツケがきたんだ。全部、母親である私が悪い……私のせいだ……」

そう、私は心のなかで自分を責め続けていたのです。筋ジストロフィーとは、遺伝子レベルの病気。真心は、私と夫の変異した遺伝子を両方受け継いで、「福山型先天性筋ジストロフィー」という病気で生まれてきたのです。

つまり、私に要因がある。私が悪いんだ……。

でも、声に出して言ってしまうとそれを認めてしまうことになるという変なプライドや、頭で考えても事実が変わるわけではないことだとわかっていたから、あえて言葉にすることを避けていました。

ところが、父が、ただただ聞いてくれる姿勢を見せてくれたことで、私は話したい、という気持ちになり、自然とネガティブな気持ちを吐き出すことができたのです。

実際、「そんなことないよ」というような、私を擁護してくれる言葉をきっと発してくれていたと思います。でもそれよりも、おおむね父は私の言葉を受容してくれていたので、次から次へと心のなかに浮かぶネガティブなあれこれを、初めて自分の外に解放することができました。

不思議なのは、「私が悪いんだ」ということを、いざ口から言葉で出してみると、心がスーッと軽くなったことです。言葉にしないで自分のなかで悶々と浮かんでは理性で押し殺し、浮かんではかき消して、を繰り返していたときはただつらかっただけだったのに、言葉にして発し、その言葉を誰にも邪魔されずに誰かに聞いてもらうだけで少しスッキリする気がしました。

ちなみに母は、私と一緒に号泣していました。そのとき、私は自分のことでいっぱいいっぱいで気づけなかったのですが、母はただ共感してもらい泣きをしていたのではなかったようです。

孫の真心が病気になり娘が苦しんでいることは、自分のせいだと感じる節があったそうです。私が自分を責めることは母を責めること、ととらえることもできるのだと、のちに気づきました。

そうだよね、私を生んで育ててくれたのは、お母さんだもんね。

## なんでうちの子が……

精神的に不安定だった私は、先々に入れていた予定をキャンセルして人と会うことを極力避けるようになりました。そして、頻繁に自宅から車で1時間ほどの距離にある実家にお世話になりました。

昼間、夫が会社に行っている間、私と真心とゆとりの三人でいる時間がつらかったのです。家事をしていても、気がつけば暗く落ち込み、涙してしまう日々。明るく生きていたいと常々思っていたからこそ、そうじゃない自分がイヤで、さらに自己嫌悪に陥っていました。

でも、実家に行けばイヤでも家族と会話をするので気を紛らわすことができ、少しは自分の気持ちがやわらぐ気がしたのです。

友だちとの予定をキャンセルする際、真心の病気のことを言わなければならないのは、とても気が重くつらいことでした。まだ、自分の口から病気の話を冷静にできるほど余裕がなく、すぐに涙を流してしまっていたからです。

そんなある日、真心の病気について電話で友だちに報告したときのこと。病気のことを「かわいそう」と言われたときは、とても違和感を覚えました。その友だちは「かわいそう……」と言って一緒に泣いてくれました。共感してくれているのはうれしかったけれど、何だかしっくりこなかったのです。

「大丈夫だよ！」と励ましてくれる人もいました。前向きにしようとしてくれているのはわかったけれど、やっぱりしっくりきませんでした。

「まこちゃんは、あなたたち夫婦を選んで生まれてきたんだよ！」という考えを教えてくれる人もいました。自信をつけてくれようとしていたのかもしれませんが、これまたしっくりこないどころか、まったく心に響かず、正直苛立《いらだ》ちを覚えたのです。

その頃、テレビで赤ちゃんがハイハイするCMを見ては、「子どもは成長過程で当たり前のようにハイハイすると思っていたけど、真心はこんなふうに成長できないんだ……」と苦しくなり、手をつないで歩く親子を見かけては、「真心と手をつないで歩くことは一生ないんだ……」とたまたま目にした親子を恨めしく思うといったふうに、常に「なんでうちの子が……」という気持ちでいっぱいでした。

スーパーで子どもを叱っている親を見かけると、「いいじゃない、元気なんだから」、子どものアトピーを心配する親御さんの話をテレビで見ると、「いいじゃない、治療法があるんだから」など、今はもう思い出せないくらい、ドロドロしたネガティブな気持ちの塊《かたまり》が、私を覆っていた時期でした。

冷静に物事を見ることができるようになった今は、悩みに大小はなく、スーパーで子どもを怒っている親もそのときは困っているわけだし、アトピーの子を持つ親だって真剣に悩んでいるし、比較するものでもないのに、と思います。
けれども、悩みの渦中にいた私は、周りと比較しては「自分が一番苦しいんだ」と感じて、完全に「悲劇のヒロイン」になっていたのです。

## きっと天罰に違いない……

病気を宣告されてから約1カ月後、遺伝子検査で病気を確定診断するために女子医大に検査入院をしたときのこと。入院病棟の掲示板に、ある詩が貼ってあるのを夫が見つけて「いい詩があったよ」と教えてくれたことがありました。

【天国の特別な子ども】愛と祈りをこめて　エドナ・マシュミラ作　大江祐子訳

会議が開かれました。

地球からはるか遠くで
〝また次の赤ちゃんの誕生の時間ですよ〟
天においでになる神様に向かって　天使たちは言いました。
〝この子は特別の赤ちゃんで　たくさんの愛情が必要でしょう。
この子の成長は　とてもゆっくりに見えるかもしれません。
もしかして　一人前になれないかもしれません。
だから　この子は下界で出会う人々に
とくに気をつけてもらわなければならないのです。
もしかして　この子の思うことは
なかなかわかってもらえないかもしれません。
何をやっても　うまくいかないかもしれません。
ですから私たちは　この子がどこに生まれるか
注意深く選ばなければならないのです。
この子の生涯が　しあわせなものとなるように
どうぞ神様　この子のためにすばらしい両親をさがしてあげてください。

神様のために特別な任務をひきうけてくれるような両親を。
その二人は　すぐには気づかないかもしれません。
彼ら二人が自分たちに求められている特別な役割を。
けれども　天から授けられたこの子によって
ますます強い信仰を　より豊かな愛を抱くようになることでしょう。
やがて二人は　自分たちに与えられた特別の
神の思召《おぼしめ》しをさとるようになるでしょう。
神からおくられたこの子を育てることによって。
柔和でおだやかな二人の尊い授かりものこそ
天から授かった特別な子どもなのです〟

出典：『ダウン症ｍｉｎｉブック　この子とともに強く明るく』（ＪＤＳ刊）
この詩はアメリカ・ペンシルバニア州ハートボロ私書箱21号
This Is Our Life Publicationより掲載許可を得ています。

この詩を読んで、夫は素直に「いい詩だな」と感じたのでしょう。しかし、私はまだまだ「真心が病気である」ということを受け入れられていませんでした。

障がいや病気のある子どもの親は、大変な苦労をするんだろうな。でも、その苦労が大丈夫なくらい器が大きな人たちなのだろう。だとしたら、なぜ、私が真心の親になってしまったんだろう。

私、全然自信がない。障がい児を育てる自信なんてないし、そんな大きな器も持ってない。これから経験するであろう、大変な出来事に私は耐えられないし、そんな経験しなくていいのならしたくない。なんで、私が……。

そう思っていた私は、この詩を読んで「何、キレイごと言っちゃってるの？　バカみたい。私は素晴らしい人間なんかじゃない！」と嫌悪感を抱いたのです。

とくに、〝この子のためにすばらしい両親をさがしてあげてください〟という表現が本当に憎かった。この部分を読むたび、私にはこう聞こえていました。

親はその子に適した素晴らしい親でなければならない。

私なんか難病の子を育てる器などないのに、なぜ？　何かの罰なのかも……。そう思うたび、今までの平穏な日々を恨みました。29年間生きてきたなかで、がんばったこと、つらかったこと、悲しかったことはそれなりにあったけれど、「絶望」を感じるほどの出来事はありませんでした。

覚えている限りの一番のショックといえば……。17歳のときに夢中になっていた彼氏に二股されて振られたことかもしれない。今思えば、「そんなことで」と思うけれど、当時の私にとっては人生の終わり、というくらい絶望に打ちひしがれていた……。

うん、やっぱり、私の人生は平和だった……。

あなたは今まで楽しく生きてきたでしょ。人生はそんなにスムーズにはいかない。山あり谷ありなのよ。そう言われているような気がして、「やっぱり天罰がくだったんだ」という考えに、どうしても行き着いてしまうのです。

真心の病気がわかってから、こんなドロドロした感情ばかりを抱いていた私だったので、家族以外の人とは会わない生活を送っていました。

心配してくれて善意でかけてくれる言葉であっても「つらい」と感じてしまいそうで怖かった。実際、励まされるのも、心配されるのもイヤだった。醜い感情だらけの自分を見せたくない、自分自身もこれ以上自己嫌悪に陥りたくない、そう思ったから、家族以外の人には会わないと決めたのです。

## 自分の感情をコントロールできない！

私が精神的に不安になっていたことで、長女のゆとりには心配させてはいけない、そう思い普通の生活を心がけていたつもりでした。

実家にお世話になっていたある日、ゆとりをお散歩に連れて行こうと真心を抱っこして、実家から徒歩5分くらいの本屋さんに出かけたときのこと。絵本売り場で静かに本を読んでいるゆとりに安心した私は、無意識のうちに、「医学書コーナー」へ移動していました。医学書を手にして、福山型先天性筋ジストロフィーについて、何か希望の持てる治療法を探していたのです。文献にも、お医者さんにも「治療法はありません」とハッキリ言われているのにもかかわらず、まだ疑っている自分がいました。

「治らないわけがない。真心が病気で死ぬわけがない」

そう信じてやまない私は、必死になってネットや本から情報を収集していました。でも、目にする情報は「小学校低学年をピークに筋力低下が始まる。寿命は10代」など、希望につながるものはひとつもありません。

本屋で再び「寿命10代」の言葉を見つけたとき、目の前に真心を抱っこしていたこともあり、「そんなはずがない、この子が死ぬなんて！」と、自分の感情をコントロールすることができなくなってその場から動けなくなってしまいました。

呼吸が荒くなり、手が震え始めました。幸いなことに、真心を抱っこしていたことで、床に落とさないように手には力が入り、かろうじて、立っていられたのです。

私は震える手で携帯電話を取り出し、すぐに母を呼びました。

「迎えにきてください！」

電話をするのが精いっぱいで、自分一人ではとても帰れないと思ったのです。

母は驚き慌てて、すぐに本屋にきてくれました。今思えば、母もそんな私に動揺していたのかもしれません。いつもは衝動買いを絶対にしない母が、ゆとりがたまたま手にしていたアンパンマンが表紙に描かれている『まいにちうんち！』（やなせたかし　フレーベル館）の本を慌てて精算していたから。とりあえず、本屋から出ようとした末の行動だったのかもしれません。ゆとりもほしいわけではなかったのに、なぜかおばあちゃんに買ってもらった一冊のうんちの本。今でも実家の本棚にちゃんと飾られています。

「お迎えにきて」だなんて、子どもじゃあるまいし、自分でもびっくりする行動でした。それくらい、私は精神的にまいっていたのですね。

## 家族の葛藤

病気が宣告されてから「死」ばかりを意識し続けていたせいか、疲れて眠りについても、夜中に「真心が死んじゃう！」と急に不安になって目が覚めて、隣で寝ている真心の心臓が動いているか、呼吸をしているかを確認することもしょっちゅうでした。

筋力が弱い＝心臓・呼吸器の筋肉も弱いと思い、止まってしまうのではないかと不安だったのです。実際は、年齢とともに筋力が弱くなっていくため、福山型筋ジストロフィーの子どもにも成長期（小学校低学年くらいまでと言われています）があります。まだ乳幼児の真心に関しては、そのような心配はいらなかったのですが、筋ジストロフィーという病気について、私の理解が足りていなかったのです。

一方、夫はというと……宣告されたその夜は眠れなかった、と言っていましたが、翌日からはグーグー寝ていました。そんな夫を横目に、正直、私はイライラしていました。「こんな状況でよくも寝られるわね……」そう思っていたのです。毎日仕事にも行くし、なんだか私に比べて、〝平気〟に見えたのです。

それが、寂しいというか、理解できないというか、そのときは自分と違う夫に対して苛立ちを感じていました。でも当時はその気持ちをぶつける気力さえなく、夫婦でじっくり話し合うこともなく、ただその日その日を過ごすのが精いっぱいでした。

今考えると、お互いあえて感情の部分に触れないように過ごしていたのだと思います。一度そこに向き合って触れてしまうと、本当の気持ちが噴き出してしまって、平穏な暮らしが壊れてしまいそうな気がしたから。こうして気持ちを伝えることなく、「明日は○○に行くから」といった業務連絡や、当たり障りのない会話をして、表面を繕《つくろ》って一日を終える。そんな日々を過ごしていました。

最近になって、夫に当時のことを聞いてみました。すると、意外なことがわかりました。病気を宣告された夜。病院を出た夫は、目的地もなく、とにかく車を走らせていたそうです。「真心が早く死んでしまったらどうしよう……」「これから何が起きるのだろう……」。考えたくなくても、自然とそんな不安が次から次へと浮かび、私が長女を妊娠してからずっと断っていたタバコを2年ぶりに吸ったそうです。

きっと、ワナワナした気持ちを何とかして抑えようとしたのでしょう。

家に帰っても眠れず、ネットで病気について調べ、いくら治療法を探しても「治らない」ということだけがわかり落ち込んだそうです。その日は一睡もできないまま、翌朝病院にお迎えにきて、ベッドでスヤスヤ眠る真心の寝顔を見て「かわいいなぁ」

と安心したそうです。

ここからの数カ月は、夫の記憶が途絶えているようで、いくら聞いても覚えていないの一点張り。「次の日にはぐっすり寝てたよね？」と言っても、「きっと疲れて自然に寝ちゃったんだよ、全然覚えてない」と言います。

当たり前だけど、夫は夫で落ち込んでいたのだなぁ、と数年越しで気づく私でした。

## きょうだい児も悩んでいる

真心の病気がわかったのと同時に、私には気がかりなことがもうひとつありました。それは、当時2歳だった長女ゆとりのこと。病気のことで悩んでいた私は、気がつくと、一日中真心のことばかり考えてしまっていたのです。

一日が終わり子どもたちを寝かしつけたあと、「また今日も、ゆとりのことを考える余裕がなかった……」と自己嫌悪に陥る日々。ゆとりのことも、真心と同じだけ愛しているはずなのに、ゆとりをおざなりにしているようで、そんな自分を許せなかったのです。

これではいけないと思った私は、きょうだいに障がい児がいる子どもについて知りたいと思い、本やネットで情報を探しました。

このときに、初めて「きょうだい児」という言葉を知りました。きょうだい児とは、ゆとりのようにきょうだいのなかに障がいのある子がいる子どものこと。

私のなかのきょうだい児に対するイメージは、親は障がいのある子どもにばかり手がかかり、きょうだい児は寂しい思いをするのだろうな、というものでした。ところが、本やネットの情報を知れば知るほど、「寂しい思い」以上に表面化している問題が昨今増えていることがわかりました。

その問題とは、きょうだい児は「いい子」になってしまいがちだ、ということ。きっと、世の中の大半の親が子どもに「いい子になってほしい」と望むと思います。「いい子になるのって何が問題なの？　いいことじゃない？」と思われる方もいるかも知れませんが、きょうだい児は親の大変な姿を日頃そばで見ているので、自分の本当の気持ちややりたいことなどが言いづらくなり、そのうち我慢することに慣れてしまう傾向があるのです。

さらには、障がいのあるきょうだいのお世話をしたり、両親を手伝うなど、きょうだい児が日常でサポートをしている姿を見て、周囲が「いい子だね」と評価することで、さらに「いい子でいなければ、私は愛されない」と思う子もいるそうです。

きょうだい児は、他者に伝えたくても伝えられないことがたくさんあり、両親には心配をかけられないという思いから相談できず、さらに孤独感を募らせることもあるのだとか（日本筋ジストロフィー協会の理事長、貝谷久宣氏は、協会の発行する冊子で、「最近、診療所にくる鬱状態の患者さんにきょうだい児が多い」と述べています）。

「私は、ゆとりが自分らしい人生を歩んでいくためのサポートを、障がい児である真心を育てながらできるだろうか……」とますます不安になりました。

しかし、そんな不安をよそに、毎日時間は慌ただしく過ぎていきました。というのも、真心が生後11カ月のときに体調不良で入院したのを皮切りに、その後、数カ月に一度は入院する日々を送っていたのです。健康な子どもだったら「様子を見ましょう」と診断され帰れるであろう状態でも、筋ジストロフィーだということで、お医者さんたちも慎重になっているようでした。

真心が急に入院になると、私は必然的に真心に付き添って一緒に入院することになります。入院の準備をするのと同時に、ゆとりを誰に預かってもらうかを電話で急いで探さなければなりません。

まず、仕事中の夫に電話で緊急要請を出し、荷物や宿泊日数など、入院中の役割分担を相談。入院中にゆとりを預かってもらう先は、病院から車で1時間ほどの距離に住む私の両親か、病院から車で10分ほどの距離に住む私の姉にお願いすることが多かったので、それぞれのスケジュールを確認してから、都合がつくほうにお願いしていました。夫の両親も病院から1時間以内の距離に住んでいるので、入院中においしい食事を持ってお見舞いにきてくれるなど、サポートをしてくれました。

問題は、突如やってくる真心の入院に毎回巻き込まれている、ゆとり。いとこ（姉の子どもたち）と仲がいいのでよく一人でお泊まりにも行っていて、外泊自体には慣れていたものの、心の準備もないまま、自宅ではない場所で両親と離れての生活が始まるのです。よく環境の変化に順応してくれていたなぁと感心します。

預かる際、両親もゆとりの精神状態のことをとくに気にしてくれていたようです。当時3歳だったきょうだい児であるゆとりは、予想通り「いい子」に育っていて、聞きわけがよく、預け先を困らせるようなことはありませんでした。

## ファミレスのトイレで知った長女の本音

私は、目の前の具合が悪い真心の看病をしながら、常に頭のなかでゆとりがどうしているかが気になってしかたがなく、入院中、真心が昼寝をした隙を見つけては実家に電話をかけて、ゆとりの様子を聞いていました。

あるとき、ゆとりが電話口に出ない日が続きました。母によると、遊びやテレビに夢中だから電話に出たくないと言っているとのことでしたが、私は違う理由があるに違いないと思いました。それでも、真心のそばを離れることができず、ゆとりに5日ほど会えない日が続いたので、さすがに母と姉はゆとりを病院まで連れてきてくれました。元気に回復している真心を姉に1時間ほど見てもらい、母とゆとりと私、三人でランチを食べに行くことにしました。

入院病棟には面会目的の大人しか入れないので、私が病室からロビーに向かうと、ゆとりはニッコニコの笑顔で私を出迎えてくれました。「元気そうでよかった」と、久しぶりに見るゆとりの笑顔に安心したのを覚えています。

「親に会えない日々が続くなんて寂しいに決まっている」そう思っていた私ですが、思いのほか元気でおちゃらけている平気そうなゆとりを見て、私の思い違いだったかな、と感じるほどでした。

三人で近くのファミレスに入り、席に座ると、ゆとりは私にべったりくっついてきました。「やっぱり甘えたかったよね」そう思っていると、ゆとりが「トイレに行きたい」と言い出しました。

トイレへ向かい、個室に私とゆとり、二人きりになった途端、さっきまでおちゃらけていたゆとりの表情が一転して、曇りました。私は瞬時に「ゆとり、本当は寂しかったのに平気なフリをしていたんだ」と思いました。そして、ゆとりの気持ちを確認してみました。

私「ゆとちゃん、ママに会えなくて寂しかったのね」

ゆとり「……（しくしく泣き始める）」

私「寂しかったね、甘えたかったね」

ゆとり「ママがいいぃ――――！」

ゆとりはそう言いながら、大泣きしました。

まだ3歳の小さな体で、周りの状態を把握して、迷惑をかけないように、親や私の両親を心配させないように、気を使っていたのでしょう。二人きりになって、私がゆとりのサインに気がつき気持ちを確認したことで、ようやく彼女の口から「寂しい、ママがいい」という本音を聞くことができました。そんなゆとりを心から愛《いと》おしく感じ、私もトイレで一緒に号泣したのです。

ファミレスのトイレで抱き合い号泣する親子……。笑い話のようですが、この件を機に、私はゆとりとの向き合い方で迷うことはなくなりました。

それまでは、ゆとりが寂しい思いをしないように、と彼女の顔色を窺《うかが》い、気を使っていたように思います。しかし、それではなんだか不自然で、私も気疲れをしてしまっていました。

ゆとりの顔色を窺うのではなく、寂しい思いをさせないよう気を使うのでもなく、これからは、寂しい思いをさせてしまったときは、しっかりゆとりの心に向き合って話を聞こう、そう決めたのです。

## いい子じゃない発言ほど大歓迎！

ゆとりに関して、もうひとつ心がけたこと。それは「いい子じゃないゆとりを歓迎すること」でした。

たとえば、ついつい私が真心に付きっきりになってしまったとき、ゆとりは、

「まこちゃん大嫌い！　まこちゃんなんていなければいいのに!!」

と怒ることがあります。最初この言葉を聞いたときはびっくりして、「なんてこと言うの！　妹と仲良くしないとダメでしょ！」と言いたくなる気持ちにかられましたが、私はこれを、言葉のトラップ（罠《わな》）と呼んでいます。

このときに意識するのは、言葉よりもゆとりの表情や雰囲気。これらをSOSのサインだと意識してみます。どんな気持ちでその言葉を言ったのだろうと、言葉の奥にある思いを見ます。

すると、黙りがちで寂しそうな表情をしていたり、泣きそうな顔だったり。言葉の奥にある思いに目を向けると、「本当はもっとママに甘えたいのに、もっとママに振り向いてほしいのに……」そんな声が聞こえてくるのです。その思いに気づいたとき、ゆとりを抱きしめたくなるくらい愛おしい気持ちになります。

最近も、「ゆとちゃん、一人っ子がよかった」と言うことがありました。でも、「いい子じゃないゆとりを歓迎しよう」と決めているので、びっくりするような発言が出ると心のなかでガッツポーズをしている私がいます（笑）。親のしゃくに障る発言が出るのは、実は健全な状態だと思えるようになったからです。ちゃんと吐き出せているということは、健全だと思うのです。

「ゆとちゃん、一人っ子がよかった」という言葉にもトラップ（罠）が潜んでいて、本音は「ママとパパを独占したい」ということでした（本人の気持ちを確認したところ、実際にゆとりがそう言っていました）。


本音がわかれば、あとは実行するのみ！

ゆとりと私、二人きりでデートをする時間をつくります。その間、真心はパパとデート。本当にたま〜にだけれど、夫や私の実家、姉が真心を預かってくれるときは、ゆとりがパパとママを独占する三人デートをするときもあります。

三人デートのとき、ゆとりは決まって私たちの間に入り、右手はパパ、左手はママの手をつなぎ、「せ〜の！」でジャンプをして手つなぎブランコをするのが大好きです。これは、真心がいると、車椅子を押す手で両手がふさがるので、できないこと。でも、真心が一緒のときは「やりたい！」とダダをこねることは一切しません。私自身、パパ・ママ・ゆとりの三人デートの機会をつくるまで、ゆとりが手つなぎブランコがこんなにも好きなことを知りませんでした。三人になると必ずやるのです。

ゆとりは、パパ・ママ独り占めデートに行く前と行ったあとは、必ずといっていいほど、「まこちゃんのほっぺさわりた〜い。かわいい〜」とベタベタしたり、「まこちゃんの好きな本持ってきてあげる！」など、真心に対していつもと確実に違う、手厚いサービスをします。

「一人っ子がいい」と言っていたのがウソのようです（笑）。デートから帰ってきて、ゆとりが真っ先に真心にかけ寄る姿を見ると、パパ・ママを独占することに少しうしろめたさを感じているのかもしれません。

そして、「パパ・ママを独り占めしたい！」という気持ちが満足すると、私が「姉妹仲良くしなさい」と言わなくても、自然と仲良くしています。そんなとき私は、「ゆとちゃんとまこちゃんが仲良く遊んでいると、ママ本当に幸せな気持ちになるの。二人がかわいくて愛おしくて、二人のママになれて本当に幸せだなぁって感じるの」と伝えます。

すると、ゆとりも真心も、はにかんだようなうれしそうな微笑《ほほえ》みを返してくれます。伝えた私自身も心がじんわり温かくなるのを実感し、なんとも言えない幸せな気持ちでいっぱいになります。

今はお姉ちゃんになったゆとりも、真心が生まれるまでは一人っ子だった頃があってパパ、ママの愛情も視線も独り占めだったのです。でも、妹という大事な存在ができたことで、そんなことすっかり忘れているのですね。ゆとりからしたら、過去のことより、今が重要なのです。

けれども、私としては〝ゆとりオンステージ〟だったあの頃を忘れてほしくないので、成長を録《と》りだめたホームビデオをＤＶＤに編集してもらい、いつでも観られるようにしています（5章で登場するある方が編集してくださいました！）。

# 3章 取り戻し始めた笑顔の日々

## ✤ 唯一、すべてを打ち明けたいと思った人

話は、真心が病気を宣告されたときにさかのぼります。私が真心の病気をなかなか受け入れられず精神的にまいっていた時期は、約数カ月続きました。


幼少期に肺炎で死ぬことがあるらしい。

風邪をひいたら命取りらしい。

10代で寝たきりの状態になるらしい。

20歳まで生きられない子が多いらしい。

20歳過ぎまで生きられる子もいるみたいだけど、人工呼吸器などの医療ケアがないと生きられないらしい。


そんな情報ばかりが頭をぐるぐると回り不安になったと思ったら、今度は、

妊娠中に仕事でパソコンの前にいたのが病気の原因かな？

それとも、妊娠中に辛《から》いものを食べ過ぎたのがよくなかった？

私と悠太（夫）が出会わなければ、こんなことにならなかった……


など、後悔のなかに生きてみたり。24時間、不安と後悔を行き来していました。

そんな私だったので、「こんなネガティブな私、誰にも見せられない……。誰とも会いたくない」と思っていました。

しかし、「この人ならどんな話も聞いてくれるだろう」。そう思い、会いに出かけた人が一人いました。


佳子《よしこ》さんです。佳子さんとの出会いは私が21歳のとき。初めて社会人になった就職先某英会話スクールの直属の上司でした。私が配属されたスクールのアシスタントマネージャーをしていたのが佳子さんで、とても話しやすく、頼りになる先輩でした。

その当時、私は人に相談をしたり、助けを求めたりするのが大の苦手でした。自分で考えて決めて行動するほうが早いし、誰かのアドバイスや助けを借りることは面倒だと思っていたのです。

自分の考えを否定されるのもイヤだったし、ネガティブな気持ちを吐き出すなんていけないことだと思っていました。何よりも、一人で何でもできるようにならないと〝自立〟できないと思っていました。

でも、佳子さんには何でも話をしてしまう自分がいたのです。

その後、佳子さんは会社を退職されて、オーラソーマと誕生数秘学の認定カウンセラーとしての道を歩き始めました。会社を辞めたあとも、ありがたいことに夫婦ともに仲良くさせてもらっています（夫も同じ会社に勤務していたので、お世話になっているのです）。真心の病気がわかって、人には会いたくないなぁ、と思っていたけれど、唯一自ら会いに行った人が佳子さんでした。

私は、夫に娘たちを預けて出かけました。一人で出かけるのは数カ月ぶり。事前に、電話で佳子さんに真心の病気が宣告されたことを簡単に伝えていましたが、会って話す際、絶対泣くと確信していた私は、ほかのお客さんの目を気にしなくてもいいように個室にしてもらいました。

都内の駅で待ち合わせをして再会できたときは、久しぶりに佳子さんに会えた喜びと安心感で、笑顔で挨拶を交わしたのを覚えています。

近くの予約をしたお店へ向かい、席に着いたと同時に、私は真心の病気がわかってからのことを淡々と話し始めました。そのときわかっている限りの病気の情報を伝えました。そして案の定、寿命の話題になった途端、大粒の涙がこぼれてきました。

私「福山型先天性筋ジストロフィーといって、筋肉の病気。真心の場合、一生歩くことはないって。治療法もないって。幼少期に感染症で肺炎になって死んじゃう場合もあるって言われました……」

佳子さん「心配だね」

私「集団生活もしないでくださいって言われました。保育園に通えなさそうだから仕事辞めなきゃいけないかも」

佳子さん「そう……」

私「生まれたら、歩いて、七五三をお祝いして、小中高校生になって、成人式を迎えて……。子どもって当たり前のように成長すると思っていたけれど、そうじゃなくなっちゃった……」

佳子さん「つらいね……」

私「なんで何も悪くない真心が病気になったんだろう。私が代わりに病気になってあげたい……」

佳子さん「………」

こんな感じで、ただただ聞いてくれました。佳子さんからのアドバイスや意見などは一切なく、ただただ私の話を聞いてくれました。

## 〝悲劇のヒロインぶっていた私〟に気づく

私のネガティブな感情も、自分でも話していて「それは考え過ぎでしょ？」と言いたくなるような不安や心配も、佳子さんはすべて受け入れて聞いてくれました。佳子さんが心に寄り添ってくれたおかげで、私は佳子さんと話しているだけでなく、自分の感情と向き合い、考えを整理することができたのです。

今までは、ダメダメな自分を見せると「そんなこと言ってると、嫌われるよ！」とか「さくららしくない！」などと言われることがあり、ネガティブな感情を持つことはいけないことなのだと思っていました。しかし、どれだけネガティブな感情にはまっても、話すことでそのドロドロした感情を手放すこともできるということを経験したのです。

最初はつらい、悲しい、などといった話だったのが、それらを手放し始めると、「私はどうしたいのか」を考えるようになりました。手放すことができるとともに、心にゆとりができるのを感じました。そのゆとりが、私を前に進ませてくれる活力になったのだと思います。

お店に入ったときはどんよりしていた私ですが、お店を出る頃には「デザート何食べましょうか？」という会話ができるようになり、お店をはしごしたくらい心が前向きになっていたのを覚えています。

ある程度、話を聞いてもらいネガティブな感情を解放した私は、その日から少しずつ前を向いて毎日を生き始めることができるようになりました。一人で悶々と考え、不安の渦に巻き込まれていたときは思考停止状態だったけれど、頭のなかのモヤモヤした霧が晴れ始めると同時に、思考も前に進み始めるのを感じました。

すると、こんなことを思うようになったのです。

「真心が病気だということで、今一番困っているのは誰だろう？」

そう自分に問いかけてみました。最初は、「これだけ泣いて悩んでいるのだから、私でしょ？」と思いましたが、しばらくすると、「私はこんなに悩んで問題を抱えている。でも、病気だと言われた当事者は私ではない。当事者は……」

「真心だ！」

「あれ？　じゃあ、真心は困っているのかな？」

そう思い、私は改めて真心の顔をのぞいてみました。そこには生まれたときと、何ひとつ変わらない穏やかなお地蔵様のような表情で、私のことをニコニコ見ている真心がいました。

「そういえば、病気がわかったときも、こんな表情をしていたな」

私は、病気を宣告されたあの日から、まだ起きぬ未来への不安と、もう戻れない過去への後悔のなかに生きていて、確実に目の前にあるけれど、一刻一刻と過ぎてしまっている「今、この瞬間」を完全に見過ごしていたのです。そのことに気がついた私は、真心が生まれてから今までの写真やホームビデオを見返してみました。すると、どんなときもニコニコした幸せそうな真心の顔がありました。

真心は、「今、この瞬間」幸せなんだ！

生まれてからずっと、今も、幸せなんだ！

だとしたら、私も「今、この瞬間」を一緒に幸せに生きたい！

誰よりも真心のそばにいて、一番時間を一緒に過ごしていたはずの私は、目の前にいる彼女の顔をちゃんと見ていなかったのです。何を見ていたかというと、目の前の現実にいる彼女を通り越した先にある、私が勝手につくった、まだ起きていない未来の不安な想像や、まだ彼女がこの世に生まれる前のもう戻れない過去への後悔。

こんなに幸せそうにしている彼女に気づかなかったなんて……。

## もしかして、ママを笑わせてくれている？

私が落ち込んでいるとき、真心に限らず、長女のゆとりも一生懸命私を笑顔にしようとしてくれていたことを思い出しました。

真心の病気がわかったとき、ゆとりは2歳。2歳にしてはクールというか、しっかりしているというか、とても周囲に気を使う子どもでした。そのエピソードとして思い出すのが、じっこ（義父の愛称）がゆとりに「ラッキー（じっこの愛犬）のこと好き？」と聞いたとき、犬が苦手なゆとりは「嫌い」と答えずに、「今は言えない」と愛犬を思うじっこを前に気使ったことがありました。

そんな彼女が、私が落ち込んでいる時期、しきりに言っていた言葉がありました。

それは、

「だぁ〜いじょ〜ぶだぁ〜」

という、志村けんさんのモノマネです（笑）。

モノマネなどする子ではありませんでしたが、いったいどこで覚えたのか、私を見るたび「だぁ〜いじょ〜ぶだぁ〜」と言うのです。

最初私は、彼女の渾身のモノマネに対応する気力はなく、「はい、はい」とスルーしてしまっていました。でも、ある日、あまりにも一生懸命に「だぁ〜いじょ〜ぶだぁ〜」と練習しているゆとりの姿を見て、つい、

「ふふふっ（*^_^*）」

と吹いてしまいました。そんな私を見て、ゆとりは安心したように微笑んだのです。

それを見た私はハッとしました。

「もしかしてこの子は、私を笑顔にするために、何度も何度もアプローチしてくれて

いたのではないだろうか。この子が求めているのは、私の笑顔なのかも……」

病気を宣告されてから、私はすっかり「笑顔」を忘れていました。つくり笑いをすることはあっても、心から笑顔で笑えなかったのです。でも、ゆとりのモノマネで、思わず素で笑えた私がいました。

ほかにも、真心の病院を探そうと、筋ジストロフィー患者を診《み》ている県内の病院に電話をしたところ、「今は何もすることがないから、10歳以降になったらまたご連絡ください」と冷たくあしらわれ、電話を切ってため息をついていたとき、「そうさ、100%勇気、もうがんばるしかないさ〜♪」(by「忍たま乱太郎」主題歌)とタイミングよく歌ってくれて、なんだか救われたこともありました。

また、絵を描くのが大好きなゆとりは、この頃、よく家族四人＋太陽の絵を描いていました(口絵参照)。絵をよく見ると、みんな笑っています。太陽に向かっている家族の絵を見て、私は「前を向いて生きていきたい」と元気をもらいました。

まだまだ2歳のゆとりは、きっと誰よりも私のことをよく見てくれていたのですね。

わが家は四人家族です。ゆとりにしてみれば、パパもママも落ち込んでいるし、真心は赤ちゃんだし……。「私がひと肌脱ぐか！」と、誰に言われるでもなく、家族の役割を自然と担ってくれていたのでしょう。

そんな姿に気づいたとき、彼女が健気《けなげ》で愛おしく思えて、泣けてきました。誰かが落ち込んでいたら、誰かが支える家族っていいですね。

しばらくの間、彼女の「だぁ〜いじょ〜ぶだぁ〜」に救われていた私は、携帯の着信音も、ゆとりの声を録音した「だぁ〜いじょ〜ぶだぁ〜♪」に変えて、それを聞くたびに癒されていたのです。

## mixiで出会った「ふくやまっこ」

福山型先天性筋ジストロフィー。29年間生きていて初めて聞いた病名でした。遺伝性の病気だと知り、両親や親類に同じ病気の人がいるか聞きましたが、いませんでした。夫も同じく、周りには誰も同じ病気の人がいなかったのです。

病気そのものの説明や症状は、お医者さんやネット、文献で知ることができましたが、いざ日常生活に戻るとそんなことよりも〝どうやって生活していくのか〟が不安でした。

障がいがあるということは、「障害者手帳」がいるの？
手帳があると何に役立つの？
用意したほうがいいものは？
ほかの子たちはどんな生活をしているのだろう……

こんな疑問が次から次へと浮かんできました。そして、自然と「同じ病気の子どもを持つ家族に会いたい！」と思うようになったのです。でも、個人情報保護法の観点から、病院や市役所でも、同じ病気の家族を知っていたとしても教えることができないだろうし、どうしたらいいのだろう……。
そこで、当時ＳＮＳで頻繁に使っていたｍｉｘｉ（ミクシー）のなかに、さまざまなコミュニティがあるのを思い出しました。

「福山型先天性筋ジストロフィーのコミュニティはないだろうか？」

そう思い検索をしたところ、ありました！

「ふくやまっこ」のコミュニティが！

そのコミュニティでは、福山型先天性筋ジストロフィーの子どもに愛情を込めて、「ふくやまっこ」と呼んでいて、何十家族も登録しています。

大げさかもしれないけれど、砂漠をのたうち回っていたところに発見したオアシスのような、そんな発見でした。それに、「ふくやまっこ」という表現もかわいくて、少しだけ病気に愛着が持てたのを覚えています。

すぐさま、コミュニティ入会の申請ボタンを押して、関東圏内に在住の家族に個別にメッセージを送りました。すると、すぐに返事がきました。都内在住で、真心と同い年（しかも同じ誕生月）の男の子、恭一くんのママ、香織さんです。同じ境遇の人がいる、そのことを知るだけでとても心強かった！

会って話がしたかった私は、すぐに「お会いしたいです」とメッセージを送りました。普通なら、面識もなく完全に初めましての方に「会いたいです」なんて言えない、いや、言わないけれど、このときはそんなことはどうでもよく、とにかく会いたい一心でした。快く「会いましょう」といってくれた香織さんは、すぐに自宅に遊びにきてくれました。

## 初めて出せた〝普通にいられる自分〟

「はじめまして」だけど、全然そんな感じがしない不思議な感覚。福山型の発祥は、はるか昔、弥生時代の一人の祖先のなかに起きた遺伝子の突然変異が、子孫に伝わったものだそうです。

ということは、福山型の子どもを持つ家族は、ものすごく遠いけれど同じご先祖様を持つ親戚ということになるのかな。確かに、どのふくやまっこ家族に会っても、いつもスーッと馴染めて、まるで親戚の集まりのような空気になるのです。

香織さんとはとくに、子どもが同い年、同じ頃に病気が発覚した、と共通点もあり、いろいろなことを話せました。

たとえば、「真心がよく、ゴロゴロゴロってうがいみたいな音を出すんだよね～」と香織さんに言うと、「うちの子も出すよ～」など、ふくやまっこによくあるクセを発見したり、病院のこと、宣告を受けてどんな気持ちだったか、など本当にいろいろなことを話しました。後日わかったことですが、病気を宣告された日まで一緒でした。

病気がわかってから、しばらくの間は、「私の気持ちなんか誰にもわかってもらえない、子どもなのに治療法がない難病だなんて……人生で一番の絶望だ」と、非日常の出来事だと思っていました。だから、誰にどんなに慰められても「あなたにはわからないはず！」と斜に構えていたのです。

でも、目の前に同じ境遇の人が現れた途端、「あれ？　まったく同じ気持ちを味わっている人がいる、同じ病気を持つ子がほかにもたくさんいるんだ」と気がつき、非日常だった出来事が、どんどん日常レベルになっていくのを感じました。

この状況は自分だけだと思っていたけれども、周りにも同じような状況があるとわかっただけで、病気自体が「特別なもの」ではなくなったのです。

その後、女子医大での検査入院を経て「福山型先天性筋ジストロフィー」だと確定診断を受けました。病気宣告から5カ月経った、真心が生後11カ月の頃でした。

宣告された当初は、これから自分たちはどうなってしまうのか、お先真っ暗な未来に丸裸で放り出されたような感覚でしたが、家族や友人に自分の気持ちを聞いてもらったり、ふくやまっこ家族との出会いにより、だいぶ落ち着きを取り戻していました。そのため、確定診断の結果を聞いたときも「はい、わかりました」と平常心で受け答えをすることができたのです。

それからは、積極的にふくやまっこ家族の集まりに参加しました。病気・障がい、このふたつの言葉だけでも、「生活していくのは、大変なんだろうな」と思っていましたが、同じ境遇の家族たちが、普通に幸せに暮らしていることを知りました。それどころか、明るい家族が多く、一緒にいて楽しいのです。

ふくやまっこの家族に出会えたことで、私のなかで「真心が病気である」という出来事は大変なことというより、事実として日常レベルでとらえることができるようになりました。

## どの子もキラキラの目を持っている！

病気を受け入れる手助けをしてくれたのは、ほかの誰でもない、ふくやまっこたちだと思います。真心も天真爛漫《てんしんらんまん》でキラキラした瞳でニコニコしているけれど、ふくやまっこたちはみんな瞳がキレイ！

キラキラした瞳のふくやまっこが集まると、時間の流れがゆっくりになるなぁ、と感じるくらいとても癒し系なのです。そういえば、病気がわかったときに読んだ日本筋ジストロフィー協会のホームページに、「目はさわやかに輝いている」（41ページ）という文章がありましたが、本当でした。

当時は「何の根拠があるのよ！」とふてくされて読んでいましたが、多くの患者さんを診てきたお医者さまの目の付けどころはさすがです。

筋ジストロフィーの主な症状は、筋肉がなくなっていく（筋力の再生力がなくなっていく）こと。当たり前だけど、体中に筋肉があり、すべての動作は筋肉のおかげでできるのだということを改めて実感しました。

笑顔も、表情筋を動かしてつくります。笑顔をつくるのも筋肉が必要なのです。夫も私も、どうか真心からキラキラな笑顔だけは奪わないでほしい……、そう思いながら、「笑顔を守るためだけでも治療法が確立されたらいいね」と話しています。

けれど、たとえ笑顔をつくる表情筋がなくなっても、瞳のキラキラ、瞳の表情はずっと残ることに気がつきました。

16歳のふくやまっこ、Sくんに会ったときのことです。Sくんは、体中の筋肉の萎《い》縮《しゅく》が進んでいて、飲み込む力、呼吸をする力も弱くなったため、気管切開、胃瘻《いろう》（胃に穴をあけてそこから栄養や薬をとる）などの処置をしています。

わかりやすい笑顔はつくれないし、気管切開をしているので言葉も発せません。けれど、お母さんが声をかけるたびに、瞳をキラキラさせてとても幸せそうで、お母さんの愛情を一身に受けていました。

人って瞳だけでも、幸せを表現できるものなんだな、とSくんが気づかせてくれました。もちろん、その表現を受け取る側の意識が瞳にいっていないと気づかないことかもしれないけれど。言葉を発することができて、笑顔もつくれるのに、瞳が死んでいる人を見るたびに、Sくんを思い出します。

## 命の長さは誰にもわからない

少し前の話になりますが、2007年1月1日に入籍した私たちは、結婚式に向け婚約指輪をつくりました。お互いの指輪にメッセージを彫る際、私は、「You are the one」（私にとって最高の一人の人）というメッセージを、夫は、「Seize the day」（今を生きる）というメッセージを贈ってくれました。

当時は、「今を生きる？　えぇぇ！　教訓みたいなメッセージじゃなくて、もっとロマンチックな『I love you』のようなメッセージがいい！」と不満に思う節もありましたが、この「Seize the day」（今を生きる）が、加藤家の家訓、今後のテーマになるだなんて、このときは思いもしませんでした。

「今を生きる」。この言葉に初めて出あったのは、独身の頃に受講していた、日本メンタルヘルス協会での心理学の授業。「いい言葉だなぁ～」と感じていて、好きな言葉のひとつでした。ただ、とらえ方が今とは異なり、「後悔しないように今を楽しく生きる！」そんな意味合いで理解していました。だから、楽しく過ごせないまま一日を終えると、「今日は楽しめなかった～」と自己嫌悪になるときもあったのです。

でも、真心の病気が発覚し、〝人の寿命〟を意識するようになってから、「今を生きる」をより深く考えるようになりました。

真心の1歳の誕生日（2011年3月12日）を迎える頃には、少しずつ前向きに生きようと思えるようになっていましたが、その前日に東日本大震災がありました。

夫は帰宅難民となり帰ってきたのは明け方、じっこ（義父）とは連絡が取れなくなって家族中で心配し（結局、じっこが携帯電話の電源を切っていたことが後日、判明したのですが）、私の父はたまたま岩手に用事があり被災していたのです。

たった今まで当たり前のように「会える」と思っていた人たちと、会えなくなることがあるんだ……。そんな現実を突きつけられ、今を大切に生きなくちゃ、と猛烈に感じました。

さらには、テレビから流れてくる光景は想像を絶するものばかり。亡くなった方の人数の桁《けた》があっという間に変わる数字を見ていると、命の重さがわからなくなってしまうような感覚に襲われました。そんな震災に関するニュースを見ながら、私は人の寿命について考えていました。

真心がお医者さまから言われた寿命は、病気の統計上のデータに過ぎない。災害はいつくるかわからないし、いつ自分の人生が終わるかはわからない。「生」が始まりだとしたら、誰にでも平等にやってくるのが「死」。その長さなんて誰にもわからない。

そう思ったとき、初めて、真心の命はまだ猶予があるように思えました。それと同時に、「今、この瞬間」も平等に誰にでも与えられていること、一日24時間という長さで、「今」を過ごしていること、その瞬間瞬間はみんな平等に与えられているものなのだとも思ったのです。

真心が何歳で死を迎えるのか、誰にもわからないように、私自身も何歳で死を迎えるのかわからない。どこかで60歳くらいまでは生きるのではないか、と何の保証もない考えをしていたことにも気がつきました。

確実にある、「今、ここ」を私はどう過ごしたいのか。私はどんな「死」を迎えたいか、そのためにはどんな「今」を過ごしたらよいか。いつか必ずくる真心の死。そのときに真心が心おきなく天に帰るために、「今」をどのように過ごしたらよいか。「死」を考えるようになって初めて、「今」が見えてきたときに、「今を生きる」という言葉がより深いところでわかったような気がしました。

## ありのままに生きる！

それからは、特別なことがない日の日常を過ごす子どもたちの姿をホームビデオやカメラでたくさん記録するようになりました。すると、今、この瞬間の子どもたちの表情がすべて愛おしく感じるようになったのです。

子どもたちをビデオやカメラで追っていると、イヤなことはイヤだと素直に表情に出し、好きなこと、うれしいことには思い切り楽しそうな表情をしていることに気づきました。自分の気持ちにどこまでも忠実な子どもたち……。喜怒哀楽すべてを感じていること自体が「生きている」証《あかし》であり、その瞬間瞬間をとても幸せに思えるようになりました。

真心と生活しているなかで、日々感じること。それは、常にありのまま。そのときそのとき自然にわいてくる感情を素直に表現していることです。泣いたり、笑ったり、怒ったり、悲しんだり、喜怒哀楽が一日のなかでコロコロ変わる真心。うれしかったら笑うしハグしてくるし、イヤだったら泣くし怒るし、あからさまに態度に出す。

子どもたちは、ありのままに、今、この瞬間を精いっぱい生きている！

そのことに気づいたとき、私自身も自分に素直に、ありのままでいたいと思うようになりました。すると、日々、笑顔で過ごせていることがたまらなく素晴らしいことに思えてきたのです。

真心の病気を宣告され、一度は、真っ暗闇のなかで、出口を見つけられず打ちひしがれていた私。でも、家族や周りの人に支えられ、少しずつ前向きになり、子どもたちのためにも「笑顔で幸せに生きよう！」と心が決まりました。

ただ、ありのままの真心を見ていると、「いつでもどんなときでも笑顔でいなければならない！」というのは不自然すぎるようにも思えました。つらいとき、悲しいときは心のままに泣く。その分、うれしいとき、楽しいときは思い切り笑う。そのときその瞬間、自分が感じた感情を素直に受けとめて生きていれば、結果、自分に素直に生きていることになるのだと思えるようになったのです。

真心はありのまま師匠です。そして、日々、師匠を見習う修行の身の私です。

## 迷ったときは、その先に笑顔があるかどうか

「感染症により幼児期に肺炎になって命を落とすことがあるので、集団生活を避けてください」

お医者さまからの言葉を受けて、一度は、会社を退職し、子どもの養育と介護に専念する生活を決めた私ですが、ふくやまっこ家族と交流を深めるうちに、保育園や幼稚園に通い集団生活をしているふくやまっこもいることがわかりました。夫婦共働きの家庭もたくさんあります。

お医者さまのなかには、集団生活は心の成長によい、と背中を押してくださる方もいました。とはいえ、集団生活では感染症のリスクがあることは事実なので、親の判断にゆだねられます。親の判断によって、わが子の命を左右してしまうかもしれない重大な決断。そう考えるとなかなか決めることができませんでした。

そこで、何か物事を決断するとき、私が必ずしていたことを思い出しました。それは、その決断の先に、笑顔があるかどうかをイメージすること。

リスクを取らず、家で真心とリハビリをしながらの生活をイメージをすると、私のイメージのなかでは、真心の笑顔が消え、私もストレスだらけになっていました。

一方、リスクはあるけれど、真心は保育園でお友だちと生活をして、私は仕事、夜はリハビリをするイメージをすると、私のイメージのなかの真心は、お友だちと笑っていました。私も笑顔でした。真心は人が大好きで、とくに小さい子が近くにいるとニコニコします。そんな真心の性格から考えても、集団生活を避けて家にいるという選択は、現実的ではないと思いました。

また、「寿命が10代」。この言葉が頭をリフレインして、こう考えたこともありました。真心の人生はどれだけの長さかわからないけれど、私と二人だけで日々生活するよりも、お友だちをつくる機会があったほうが彼女の人生が豊かになるのではないか。その環境をつくるサポートをするのが私の役割なのではないか。

これで、私の心は決まりました。夫も同じく、保育園に通わせてあげたい、と思っていたので、あとは通える先があるかどうかです。

幼稚園という選択肢もありましたが、障がい児の受け入れをしているところが少なく、受け入れ可能なところに問い合わせをしてもすでに満員とのことで、自宅から通える範囲では見つからなかったのです。

育児休暇中だった私は仕事に復帰することにし、保育園を探し始めました。障がい児の受け入れ先について市役所に相談しましたが、まず直接保育所へ見学に行って話してみてください、とのこと。

市役所もその時点では「入園できます」とも言えず、でも入園については市役所に決定権があるので、保育所へ見学に行ったところでまだ入れるかどうかは未定でしたが、とりあえず自宅近くの長女が通っていた保育園を訪れました（次女を出産する際に、1年の育児休暇を取ったので、市の規定で長女はいったん保育園を退園する必要があったのです）。

そこはキリスト教の教えのもと保育をしている保育園で、玄関には大きく「万人を愛しなさい」と書かれてあります。ということは、障がい児も受け入れてもらえるのでは？　と心のなかでガッツポーズをしていた私に、ニコニコ穏やかな笑顔の園長先生が声をかけてくださいました。

「ゆとりちゃん、元気!?」

ゆとりも久しぶりに保育園に来て、なんだか恥ずかしいようなうれしいような、はにかんだ表情をしていました。

面談の際に、真心の事情を説明すると、園長先生は、何年も前だけど真心と同じような障がいのある園児がいたことを話してくれました。ウェルカムな雰囲気ではあるけれど、やはり決めるのは市役所だから、市が下す決定を待ちましょう、ということに。園長先生とお話をして、さらに迷いもなくなった私は、ゆとりの通っていた保育園を第一希望で申請し、ドキドキしながら市役所からの通知書を待ちました。


そろそろかな、と思っていたある日、電話が鳴りました。第一希望で申請をしていた保育園からです。恐る恐る電話を取ると、園長先生が「真心ちゃん、入園できますよ！　市役所から入園決定の連絡がありましたよ！」と教えてくださいました。

受け入れ先が見つかった喜びもあったけれど、園長先生や保育園が真心を受け入れてくれていることが本当にうれしくて、お礼を伝えて電話を切ったあと、涙がとめどなく流れてきました。

その後、すぐに市役所から通知書が届き、姉妹ともに第一希望の保育園にお世話になることに。そして、ドタバタと嵐のような入園&仕事復帰の準備が始まったのです。

## 健常児クラスでの保育スタート！

1歳で入園した真心は、1歳前後のお友だちが過ごす、畳のお部屋の「こうさぎクラス」での保育がスタートしました。事前に、担当の先生にお食事形態のこと（飲み込みが心配だったので、離乳食中期くらいの食事形態にしていました）、運動能力のこと（首すわりがいまいちで、すぐグラつく）など面談でお話をしましたが、それよりも、最初の問題は、真心が私とバイバイできるかどうか（笑）。そこで、最初は1時間だけ預けて様子を見て、徐々に預ける時間を増やしていく作戦をとりました。

初日はもちろん大泣き。頑固な真心は、数日経っても食事も食べません（泣）。これには先生も私も心配して、仕事復帰の日を延長するしかないか、という感じでしたが、なんとかご機嫌で過ごす時間が増えて、後ろ髪をひかれつつも、予定どおり仕事に復帰することができました。

当時、私は英会話学校のカウンセラー職に復帰したのですが、その英会話スクールは午前7時〜午後10時40分までクラスがあるため、子持ちのママが働ける枠は、朝の時間帯のみでした。

朝6時30分には仕事場に着いている必要があるので、自宅を出るのは明け方の5時過ぎ。当然、子どもたちはまだ夢の中。夫も同じ会社に勤めていたので、積極的に協力をしてくれ、朝のお世話&保育園への送りは夫の担当でした。

明け方の5時には仕事に向かう、と保育園の先生に話したら、「市場で働いているんですか?」と驚かれたことも(笑)。「競《せ》りはしていません」と冗談で返し、先生と大笑いしましたが、確かに早すぎる出勤ですよね。

早朝から仕事へ行くというのは、子どもたちにしてみたら「朝、起きたらママがいない」ということ。いくら夜たっぷり一緒に時間を過ごしても、朝不安な思いをさせていたようで、そのうち、明け方になると子どもたちまで一緒に起きてしまうことがありました。

ゆとりに、「ママ、いかないでぇ〜」と泣きながらしがみつかれ、真心に大声で泣かれたときは、本当につらかった……。「私なんのために仕事に復帰したんだっけ?」

と何度も思いました。

そんなとき、いつも考えるのは、保育園で過ごしている子どもたちの表情。先生たちが定期的に園での様子を写真におさめてくれて、販売をしてくださるのです。その写真には、お友だちとうれしそうに遊んでいる様子や、先生方に抱っこされている姿、そして行事や日々のアクティビティを通して、さまざまな経験をしている姿など、たくさんの笑顔があります。

朝は泣いていても、保育園での生活は子どもたちにとって、かけがえのない学びを得る場所になっている、写真を見てそう確信していました。実際、ゆとりも真心も保育園のお友だちや先生が大好きでした。

「まこちゃん、なんであるかないの？」「まこちゃん、なんでじぶんでたべないの？」と疑問を感じ始めたお友だちも、２歳過ぎになると、一緒に生活するなかで自然と「まこちゃんはこういう子」と認識してくれるようになったようです。

さらには、自分でおもちゃを取りに行けないのであれば、おもちゃを持って行ってあげればいい、倒れちゃったときは助けてあげればいい、とお友だちもまだ体が小さいのに一生懸命助けるしぐさもあると、先生から聞きました。

保育園では、障がい児も健常児も関係なく、いろいろな子のなかの一人として真心がいます。「思いやりを持ちましょう」なんてスローガンを掲げなくても、自然と助け合う幼児たち。私が思うに、理想の世界。

一緒に過ごすだけで、みんな同じ人間だって感じるのだと思います。

## みんなで育て合う

私の姉がこんなことを言ってくれました。

「真心ちゃんと関わることで、私の子どもたちも一緒に成長させてもらえる」

保育園の先生はこんなことを言ってくれました。

「真心ちゃんのおかげで、周りのお友だちの心の成長を感じています。ありがとうございます」

私も成長させてもらっています。真心のおかげで、私は一人でがんばることを手放すことができました。

真心は生活するうえで、全介助を必要とします。でも、介助してもらう真心には「申し訳ないです」といった表情はなく、むしろ、人と関われることがうれしそうなのです。全力で人を頼りにしている真心と一緒にいて気がつきました。「人は一人では生きていけないし、人と関わることで豊かになる」のだと。

たとえば、車椅子やバギーでお出かけするとき、エレベーターがなく段差が続くところは誰かの手を借りないと進めません。でも、誰かの手を借りれば進めるのです。だから、私は「手伝ってくれそうだな」という方を見つけては、「助けてください！」と躊躇《ちゅうちょ》なくお願いできるようになりました。すると、ほとんどの方が快く手伝ってくださいます。マンパワーって素晴らしい！

実は、気にはなるけれど、どう手伝ったらいいのかわからず声をかけられない、という方が結構いるようです。このことを把握してから、ますます、「ＨＥＬＰ！」の声をあげていこうと思いました。

エレベーターの設置を訴えることが必要なときもあるけれど、マンパワーを信じてHELPの声をあげるほうが確実に早いし、なんだか温かい心地がするのは、私だけでしょうか。しかもお金もかからない（笑）。

そして、「助けてください！」と心からお願いできるようになると、助けてくださった方に対して「ありがとうございます！」と心から感謝できるようになります。だって、本当に助かるからです。「あなたの存在にありがとう」「あなたの好意にありがとう」そんな気持ちでいっぱいになります。


「ありがとうございます！」と伝えて、イヤな顔をする人にまだ出会ったことがありません。むしろ、「いえいえ……(*^_^*)」と照れくさそうに、でも足取り軽やかに去っていく方がほとんどです。

人と人の関わりが薄くなった今、見ず知らずの人と共同作業をする瞬間。私はこの経験をするたびに、「世のなか捨てたもんじゃないな」とうれしくなります。子どもも大人も、みんなで育て合い、助け合う世のなかであるために、真心のような障がい児が生まれてくるのかな、と思う今日この頃です。

## 出来事が〝幸せ〟を決めるのではない

ふくやまっこ家族と出会い、保育園にも無事入園できて、だいぶ落ち着いて生活ができるようになったように思えても、まだ心のどこかで「真心の病気は私のせいなのではないか」と思う節が抜けず、自責の念を持ってしまうことがありました。

身近な関係ほど、話せないこと、聞けないことがあるもので、まったく関係のない第三者の方に話を聞いてもらいたいと思うようになり、真心が1歳半の頃、〝今こそカウンセリングが必要なときだ〟と、初めて心理カウンセラーの方にカウンセリングをお願いしました。

24歳から心理学を学び、面白いので学びを深め、28歳で心理カウンセラーの認定もいただいたけれど、私自身カウンセリングを受けた経験はなかったのです。

カウンセリングは私の母校「日本メンタルヘルス協会」の専属カウンセラーの方に

お願いをしました。初めてのことで、ドキドキしながらカウンセリングルームに向かいました。約40分間のカウンセリング。カウンセラーの方がとても話しやすい雰囲気をつくってくれ、真心の病気のこと、それは私のせいだと思っていることなど、心に積もっていることを集中して話しました。

ひととおり、話が終わったところで、私が日本メンタルヘルス協会の卒業生だと知ったカウンセラーの方がこうおっしゃいました。

「ＡＢＣ理論って覚えていますか？」

覚えていますとも、心理学のクラスで学びました。説明する自信はないけれど(汗)。でも、なぜ今それを？

ＡＢＣ理論とは、心理療法家のアルバート・エリスによって考案された理論です。ＡはActivating event（ある出来事）、ＢはBelief（考え方）、ＣはConsequence（結果)。ＡＢＣ理論によると、人の悩みは、出来事そのものよりも、その出来事をどう受け取るかによって生み出されると言います。たとえば、

雨が降る（出来事）↓洋服が濡れる（考え方）↓憂鬱だなぁ（結果）

と感じる人もいれば、同じ出来事でも次のようにとらえる人もいます。

雨が降る↓家庭菜園に水をあげなくていい↓ラッキー♪
雨が降る↓昨日買ったお気に入りの傘が使える↓早く出かけたい、ウキウキ♪
雨が降る↓カエルさん、カタツムリさんが喜ぶ↓うれしい♪（ゆとりが3歳のときの思考）

どういうことかというと、出来事のすぐあとに結果があるのではなく、出来事と結果の間には、その出来事を〝どう考えるか、どう受け取るか〟といった考え方があり、その考え方次第で出来事に対する結果が変わってくる、ということです。

真心が病気であるということ（出来事）↓私の過去の行いに原因があるのでは（考え方）↓申し訳ないという罪悪感（結果）。

そう感じているけれども、そもそも真心の病気は私だけが原因ではないだろうし、遺伝子レベルで夫や私の命をつないでくださったご先祖様なども関与しているはず。「私の過去の行いに原因があるのでは……」という考えは、私の勝手な解釈に過ぎないのです。

　カウンセラーの方がこう話してくれました。

「考え方、とらえ方を変えることで、結果も変わることがありますよ」

真心が病気であるという出来事→考え方次第で→肯定的な感情（結果）を抱くこともできる、ということ。

　そのときはまだ、□のなかに入る言葉が見当たりませんでしたが、自分の考え方次第で、自分の心持ちが変わることを思い出した私は、肯定的な感情を持ちたい、そう願っている自分に気づけたのです（のちに、□のなかに入る言葉が見つかりました。それについては、２４４ページをご覧ください）。

# 4章

# 最後まで、あきらめない！

## 高熱は命取りになることも

福山型先天性筋ジストロフィー（以下、福山型）という病気は、1960年、故・福山幸夫先生（1928〜2014年　東京女子医大小児科名誉教授）によって最初に報告されたもので、その先生のお名前を取って「福山型」と名づけられました。

福山型とひと言で言っても、状態は個人差があり、生まれてすぐに胃瘻《いろう》をする子もいれば、普通の食事ができる子もいます。一生立つことも歩くこともない子もいれば、立って歩ける子もいるくらい、重度〜軽度の差があります。真心は、幼児期のうちは医療ケアが必要ない状態ですが、運動面では一生立つことも歩くこともない、という感じでした。

福山型の正確な患者数は現段階では把握されていませんが、約2万6000人に1人の確率で福山型の子どもが生まれると言われています。そのため、福山型を診た経験値の高い先生というのは、日本全国を探しても数少ないのが現状。普段見慣れていない先生は、とくに福山型の患者が病気にかかると、慎重になりすぐに入院となりました。

　福山型の留意点のひとつに、高熱を出した際に起こる可能性がある「横《おう》紋《もん》筋《きん》融《ゆう》解《かい》症《しょう》」という症状があります。主に高熱のあとに、横紋筋（意識的に動かせる筋肉）が壊れて手足が動かせなくなり、ひどいと呼吸ができなくなってしまうのです。重度の場合は、呼吸筋の力が落ちて人工呼吸管理を必要としたり、嚥《えん》下《げ》機能（飲み込む力）が低下して誤《ご》嚥《えん》したり、筋細胞内の成分が腎臓に詰まり腎不全などを発症したりして、死に至ることもあるそうです。

　福山型の場合は、手足口病やヘルパンギーナなどの夏風邪などにともなって、高頻度で横紋筋融解症にかかることが知られています。この事実が確認される前には、解熱してから突然死した福山型の方も少なからずいらしたそうでした。

　真心も今までに数回ほど、「横紋筋融解症」と診断されたことがあります。熱が下がったあとに、真心を椅子に座らせると姿勢が〝へにゃん〟としてしまい、腕も上がらず、スプーンも口まで運べないといった、明らかな筋力低下を起こしたこともありました。結局、数週間後にはもとの筋力レベルに戻ったのですが、真心が病気になるたび、ハラハラさせられる日々を送っていたのです。

## 納得するまで実践あるのみ！

そんな状態だったので、お医者さまからは、今のところ治療法はないと言われていましたが、それでも私は何かできることはないかとヤキモキしていました。

そんななか、真心が1歳になる頃、福山型の名づけ親である、福山先生のすぐ近くで学び、多くの福山型患者を診てきたベテランの女性の先生が主治医になりました（現在は退任されましたが、後任の先生も素敵な方です）。初めて先生にお会いした際に、真心を見るその優しい眼差しから、ふくやまっこを心から愛してくださっている方なのだと感じました。

その先生がおっしゃったことで、こんな印象的なフレーズがあります。

「病名に振り回されないでください。目の前にいるお子さんが今、何をしたら喜ぶか、どんな遊びをしたらうれしがるか、それを見逃さないでください」

ふくやまっこの家族をたくさん診てきた先生が家族に贈った言葉です。先生の指示により東京女子医大のリハビリ科にお世話になることになり、ふくやまっこに詳しいベテランの理学療法士の先生に出会うことができました。

リハビリでは、とにかく筋肉が硬くなってしまうのをなるべく防ぐためのストレッチを主に教えてもらいました。自宅で毎日、30分以上かけて、足の股関節と膝まわりを中心にマッサージして筋を伸ばすストレッチをします。

自分で寝返りをしないので、うつ伏せ状態にさせながら股関節をストレッチしたり、肩の筋肉を使うように両肘をついた状態で顔を持ち上げてみたりします。

真心《まこ》が間もなく1歳を迎える頃、まだ真心《まこ》の首はしっかりすわっていませんでした。リハビリの先生に「首はすわりますよね？」と聞くと、先生はこう言いました。

「すわらない子もいますよ」

ふくやまっこのなかには、首がすわらない子もいます。先生の言葉で、赤ちゃんは生まれたら首がすわって、寝返りして、おすわりをしてハイハイするといった〝当たり前〟に信じている成長過程から、まだまだ抜け切れていない自分に気づきました。

そうだ、首がすわらない場合もあるんだった……。

でも、何もしないで首がすわらないよりも、先生に指示されたように真心にいろいろな動きを促してみて、それでも首がすわらなかったら「この子は首がすわらない子」だと私が納得できる。

より現実的に考えた私は、とにかく先生からの指示をメモして家で実践することにしました。たとえば、傾斜のある椅子に座らせたままおもちゃで関心をひき、たくさん手を動かすように促したり、おもちゃを使って両足を高く上げる練習をしたりなど。

また、日本人でアメリカに住んでいるふくやまっことも情報交換をするなかで、アメリカで売っている商品が膝を固定したまま股関節を伸ばすストレッチに使えると聞き、ふくやまっこのお友だちママと一緒に買ったりもしました。

とにかく、いいと聞いたものはなんでも試しました。

## 初めての習い事は〝リハビリセンター〟

リハビリを毎日必死にやっていたかというと、実際はそういうわけでもありませんでした。真心の機嫌が悪く泣き叫ぶ日などは、心が痛いので短めで終わらせたり……。私も二人の子育てと家事、何よりも真心が1歳を過ぎてから職場に復帰したこともあって、時間的・精神的余裕がなく、疲れて念入りにできない日もありました。

週に一度のペースで、自宅から電車で1時間くらいの距離にある女子医大のリハビリ科を受診していましたが、毎週通うのが負担だったため、自宅近くのリハビリセンターを探し始めました。

ネットで調べると自宅から車で30分くらいのところに、発達センターがあることを発見しました。発達センターとは、発達・知的障がいや肢体《したい》不自由の子どもたちが、理学療法士などの専門スタッフによって、生活するための訓練をうける場所です。

早速電話をしてみましたが、予約がいっぱいで最初の受診が1カ月以上あとになるとのこと。今までは意識しなかったけれど、きっと世のなか、私の住む街にもたくさんの障がい児やケアを必要とする子たちがいるのだ、ということに気がつきました。

待ちに待った予約の日。女子医大のリハビリ科の先生に引き継ぎをしていただき、自宅のある街の発達センターでのリハビリが始まりました。週に一度、理学療法士の先生と一緒に1時間、ストレッチをしたり、おもちゃで遊びながら体を使ったりして過ごす、真心にとって初めての〝習い事〟です。

広いお部屋にはたくさんのおもちゃや、家には置けないようなダイナミックに体を動かせる遊具があるため、真心はとても楽しそうにしていました。

担当の先生は、ふくやまっこを診た経験があるベテランの先生で、真心が体を使えるように促すのがとても上手。よくできたときは、「すごいね」「カッコイイ！」と褒めてくれて、遊びながら必要な筋肉を鍛えてくれるのです。

1歳後半になると、膝や股関節の筋を伸ばすための長《ちょう》下《か》肢《し》装《そう》具《ぐ》をつけることも自宅でのリハビリに加わりました。立つ姿勢をとることで骨に圧をかけて、骨を丈夫にするのです（115ページの写真で真心がつけている装具）。

真心が初めて長下肢装具を装着したとき、いつも寝ているか、座っているかしか見たことのない真心が直立不動になっている姿を見て、「立つとこんなに大きいのね～」と感動したことを覚えています。骨の成長は普通なので、身長は健常者と同じように伸びているのです。

何よりも、初めて装具を着用して立つ姿勢をとったとき、真心が一瞬戸惑いつつも、うれしそうな表情をしていたのが印象的でした。椅子に座ったり横になっているときに比べ、立つことで一気に視線が高くなり、彼女のなかの世界が広がった瞬間でもあったのです。

自宅では、この長下肢装具をつける訓練を約30分以上することに加え、朝・晩のストレッチ&マッサージをできるときにできるだけやります。いつもは、真心が病気だと忘れてしまうくらい病気が日常に溶け込んでいますが、唯一、成長とともに硬くなっていく筋肉と闘っていると感じるのが、このリハビリの時間です。

病気が宣告され「治療法がない」と言われてから1年ほど経った頃、新聞に〝福山型先天性筋ジストロフィーの治療に兆《きざ》し〟という記事が載りました。この記事について、ふくやまっこの家族間で「キター――――!!」とメールやメッセージにてシェアされました。

あれから3年、まだ治療法は確立されていないけれど、熱心に研究してくださる先生方を毎日応援し、祈る日々です。

## 食事で病気を治したい！

病気がわかり、治療法がないと知らされたとき、

「私が医者になって、研究して治療薬をつくる！　私が治す！」

本気でそう思いました。ハリウッド映画で見たことがある、病気のわが子のために犯罪をしてでも治そうとする親の気持ちが初めてわかったような気がしました。

それくらい必死に、「わが子を救いたい！」と心から思ったのです。

でもすぐに、医者になることは現実的ではないと気がつきました。冷静に考えて、高卒の私が今から医者を目指すのは、時間的にも知能的にも無理があると気づいたのです。それに、万が一医者になって研究職についたとしても、その頃には真心の病気は進行していることでしょう。

今では「医者になる！」という発想自体が私のなかで笑い話になっていますが、当時は治すためなら何でもやるという思いで真剣そのものでした。

医者になれないならどうするか、私にできることは何か……。

まず、真心が風邪や肺炎などにかかって死んでしまうようなことがないように、免疫力を高めて強い体づくりをしないと……そう考えたとき、親である私が、真心の健康に直接関われることで、真心の体の形成に必要不可欠なことは〝食事〟。突き詰めた結果、たどり着いたのが「食」でした。

「人は食べるものでできている」と言われますが、そのとおりだと思います。私自身、好き嫌いがないため、母親の愛情がたっぷり注入された手料理からジャンクフードまでなんでも食べてきました。でも、食べるものが血となり肉となると考えると、真心の場合は食は命に関わる重要なこと。大げさに聞こえるかもしれないけれど、「食で病気を治したい！」と真剣に思ったのです。

そこで、まずは気軽に自分のペースで学べる手段として、通信講座の「ナチュラルフードコーディネーター」の勉強を始めました。マクロビオティック、野菜の栄養、旬の野菜についてなど、テキストから学び、取り入れやすいものは実践してみました。基本、味付けは素材の味を生かす程度なので、素材選びが大事になります。野菜を厳選するようになり、塩や味噌などの調味料も、スーパーで手軽に手に入る量産的なものではなく、手づくりのものや、昔ながらの製法でつくられているものを選び、食に対して注意深くなっていきました。

## 世のなかの食べ物が悪に見える！

この世のなか、本当に情報が錯乱していると思います。とくに真心の難病がわかってから、「体にいい」情報がたくさん私の耳に入るようになりました。私自身がアンテナを張っていることもあるけれど、周りの友人や知り合いも情報をくれるのです。

なかには、「これを食べて筋ジストロフィーが治った！」という話もありました。正直胡散臭《うさんくさ》いと思うものもあります。しかし、私はこう思うことにしているのです。

「すべてを信じないけれど、すべてを疑いもしない」

だから、今の生活レベルとスタイルに合うもの、ピンときたものはとりあえず試しています。ハーブティー、アロマ、マクロビオティック、調味料を自然なものに変更、酵素ジュース、精製された砂糖排除、朝のフルーツ、雑穀、グルテンフリー、酵素玄米……。とにかくいろいろ試してみました。

また、商業的な情報にまどわされない真実が知りたかったので、時間をつくって、食に関する講座に参加したりもしました。食を学べば学ぶほど、世のなかに出回っている食べ物がいかに商業中心にできた不自然な食べ物が多いかが見えてきました。それこそ、コンビニやスーパーに置いてあるものには賞味期限を確保するために薬や添加物が使われており、自然な食べ物を見つけるのが難しいくらい。

一時期、世のなかの食べ物がすべて悪に見えてしまっていた私は、添加物などに過敏に反応して心穏やかではありませんでした。きっと眉間《みけん》にしわを寄せて、目尻がつり上がっていたと思います（笑）。

夫がポテトチップスを娘に与えようものなら、〝キイィ――――ッ〟と一喝し、実家に帰るときですら、雑穀などを持参して、だいぶ母には気を使わせてしまっていました。最近、母親と腹を割って話したとき、私がくるとどんな食事を出したらいいかわからず気を使った、と素直に話してくれました。

真心のためを思って勉強して栄養を考えてつくった料理を、べぇーと出された日にはイライラして「なんで食べないの！」とカッカカッカしたこともありました。

また、食についての本を読んでいると、「親が食べたものが子どもに影響する」という節をよく目にするようになり、病気を宣告されたときからずっと感じていた「私が食べたものが原因で真心が病気になったのでは……」という何の根拠もない考えが再び頭に浮かび、自分を責めるようになりました。

表向きは、〝真心の健康のため〟だったけれど、本当は、これまで自分が食に対してあまりに無知だったことを恨み、その食生活のせいで真心を病気にさせてしまったのでは、という懺悔《ざんげ》の気持ちから、食を改めようとしていたのかもしれません。

そんな気持ちだったので、いつしか〝食〟が楽しいものではなくなっていきました。

## 笑顔の消えた食卓

ある日、夫に言われました。

「神経質になりすぎだよ！」

真心の健康、みんなの健康を考えてつくっているのに、神経質とはどういうこと！

こんなに一生懸命やっているのになんでわかってくれないの？

怒りと悲しみで大ゲンカになりましたが、よく考えてみると、確かに図星なのです。

楽しんでやっているのではなく、「私が家族の健康を考えてあげてるのよ！」という「やってあげている感」がたっぷりで、家族にとっては迷惑以外の何ものでもなかったのです。そして、あることに気がつきました。

食卓が〝暗い〟。

食卓での会話は消え、娘たちはちっとも楽しそうではなく、「おいしい」と言われることもなくなっていました。それに気がついた私は、愕然《がくぜん》としました。

以前なら、ゆとりは「ママ、おいしいね♡」や「いっしょにおりょうりしよう！」などと言ってくれて、真心もニコニコ食べてくれていたのに。夫も、「今日もおいしかったよ」とちゃんと言葉にして伝えてくれて食事を楽しみにしてくれていたのに。

一生懸命家族のために学んで実践していたつもりなのに、何がいけなかったのだろう。そのとき、ハッと気づきました。一番忘れてはいけないものが欠けていたのです。

それは、「笑顔」。

ニコニコしながら「おいしいね」と言って食べるときは、何を食べていてもおいしいし、幸せ。何よりも家族の温かい時間になります。でも、「これを食べなければ！」「これは食べちゃいけない！」などという思考で頭をガチガチにしていると、顔も無意識のうちにこわ張り、全然おいしい気持ちがわきません。

しかも、残そうとすると、「なんで残すの？　これには、○○っていう栄養が入っているんだから、ちゃんと食べなさい！」と、軍隊のように、見張られている緊張のなかでの食事。つくり手である私がこんな感じだから、一緒に食べている家族もさぞかし味気ない食事を強《し》いられていたに違いない……。

ごめんなさい、ママ、暴走していました！

笑顔が消えてしまっていたことに気がついた私は、「真心の病気を治す！」と躍起になるのではなく、食卓が笑顔でいっぱいになることを意識するようになりました。

そして、今までの自分を責めるのはやめて、これからは健康に楽しく生きていこうと思うようになりました。とはいえ、私のなかには、まだ疑問が残り続けていました。

私より健康意識の低い食生活の人が、障がいや病気の子どもを生まないのはなぜ？

ゆとりは健常児なのに、なぜ真心だけ？

考えても答えの出ないこと。だったら、いっそのこと過去の食生活への悩みを手放そうと思ったのです。そして、食に対する考え方を次のように変えました。

食べ物に罪はないので、家以外で食べるもの（学校給食や、誰かの家で食事をいただくときなど）は、好きなものを食べて、ありがたくいただく。家での食事については、これまで学んできた食に対する知識をもとに、日本人に合うお味噌汁、酵素玄米や雑穀を基本とした、昔から日本人が食べていた〝日常食〟をいただくというふうに。

ぬか床でぬか漬けもつくり始めました。食べ物を分解するために一生懸命働いてくれている腸に住む微生物たちが喜ぶ食べ物を取り入れるためです。

調味料は、昔ながらの製法でつくられたお味噌汁、醤油、自然塩、砂糖が必要なときはきび糖やココヤシシュガー（花蜜糖）、甘酒などを使用しています。

また、真心の咀嚼力《そしゃくりょく》が弱いことや誤嚥防止の影響で2歳半まで離乳食だったため、白米にあわやひえ、きびをまぜておもゆにする雑穀も重宝しました。

小麦に含まれるグルテンは、腸の粘膜の炎症や、皮膚アレルギーなどを起こす原因になるとも言われているので、パンやパスタは週末のお楽しみにしたり、パスタはグルテンフリーのものを使ってつくることもあります。

普段日常食を食べているので、家族のリクエストはお肉や揚げ物が多く、ときどき食卓に登場すると「パーティーだ！」と歓声があがります（笑）。

やっぱり、食事のバリエーションが増えると、楽しくなります！

学んだ知識のおかげもあって、今のところ家族はとても元気。食事に気をつけているからか、年齢が上がったからなのかわからないけれど、真心も体力と免疫力がついて、風邪をひくこともほとんどなくなったのです。

今では基礎体温も36度後半と、約2年前に比べ1度もアップ！　毎朝、保育園に行く前に検温をしますが、「やったぁ！　今日も36度台だ！　イェーイ！」と体温を測って大喜びすると、真心も一緒に足をバタバタさせて喜んでくれます。

ゆとりがインフルエンザにかかって家で静養しているときもありましたが、真心にはうつりませんでした。ときには熱を出すこともありますが、1～2日お休みすれば元気になるという、驚くほどの回復力です。

「食で病気を治す！」と躍起になっていた頃は、料理をするのが楽しいと感じなかったし、罪のない食べ物に善悪をつけて、かなり上から目線な人間になっていました（反省）。しかし、私が食に関して笑顔を取り戻したことで、ゆとりは再び料理に関心を持つようになり、夫も「さくらの料理が好き」と言ってくれるようになりました。

そして何よりも、真心の便秘が改善したのです！　必死になって、便秘にいいらしいというものを一生懸命食べさせていたときはなかなか改善しなかったのに、私が肩の力を抜いたとたん、ほぼ毎日排便するようになるなんて不思議。酵素玄米を食べるようになったこともあると思うけれど、私が肩肘《かたひじ》張らずに笑顔を食卓に運んでいることも関係あるのではないか、と思う今日この頃です。

## 3歳になっても話さない

福山型先天性筋ジストロフィーは、脳の病気でもあるため知的障がいが見られます。単語が出てくるのは3歳過ぎと言われていますが、もちろん知的能力にも個人差があり、文章で話せる子もいるけれど、話せない子もいます。

そんな情報を知り、私は真心に〝話せるようになってほしい〟と考えるようになりました。筋肉の問題は遺伝子レベルなのでお手上げだけれども、知的な問題に関しては訓練でどうにかなるのではないかと思ったのです。

世の中にある、たくさんの訓練、療育を調べました。ドーマン法、フラッシュカード、速読、iPadのアプリを使ったものなど……。

それらについての本を読んだり、実際に訓練をしている方のお話を聞きに行ったり、調べたなかからやってみようと思えたものだけを試してみました。すべては、真心の言語習得のため。しかし、どの方法も真心の反応がいまいちで、まったく話そうとする意欲が見られないのです。

真心が3歳の頃、自宅から車で2時間かけて発語訓練に通ったこともありましたが、正直、私も家族も疲れてしまいました。距離の問題だけでなく、成果が見えないというのも大きな要因でした。
この時点で、私は薄々感じていました。「もしかしたら、真心自身が楽しい、話したいと思っていないのかもしれない……」と。

一向に話す気配のない真心とコミュニケーションをとるうえで、私は日常の生活のなかで、あることを意識しておこなっていました。それは、真心の感情を「こんな気持ちなのかな？」と確認しながら代弁すること。

うれしそうな表情をしたら、「うれしいね～」
悲しそうな表情をしたら、「悲しいね……」
怒って泣いていたら「悔しいね」「腹立つね」「怒っちゃうね」

言葉を発することができなくても、顔面の筋肉を総動員して、顔の表情で気持ちを訴えかけてくる真心だったので、表情があらわす気持ちを言葉にすれば、真心自身が「この気持ちは、悲しいってことかな～」など、気持ちと言葉がリンクして、そのうち理解できるようになるのでは、と思ったのです。

女子医大の先生が、言葉と同時に動作を取り入れると言語発達にいい、とおっしゃったので、ゆとりが生まれてすぐに購入したベビーサイン（手話のような指を使って、赤ちゃんに示す方法）の本を本棚の奥から引っ張り出してきました。ゆとりは言葉が出るのが早かったので、うっかりベビーサインを使わずにお蔵入りになっていたのです。まさか、真心のときに重宝するとは思ってもみませんでした。

飲む（人差し指を口にあてる）、食べる（物をつまんで口に持っていく動作）、おしまい（手のひらを閉じる動作）など、言葉と一緒に指で動作をして伝えました。すると、食べることに関してモチベーションの高い真心は、飲む・食べる、のベビーサインを完璧に使えるようになったのです。

ただ、ほかのベビーサインはまったく関心を示しませんでした。興味がないものには、見向きもしない真心。自分にどこまでも正直なのです。そういえば、早くリハビリを終わらせたいのか、「おしまい」も早々にできるようになりました（笑）。

そのうち、言葉ではないけれど、唯一ハッキリ発音する単語が出てきました。

「あった」

何かがあった！　の「あった」ではなさそうでした。いつでもどこでも「あった、あった」と言っていたし、意味はなさそうです。それでも、「あ」と「た」が発音できたことは、とてもうれしいことでした。

お医者さんの言葉や文献で見た〝3歳を過ぎると単語が出てくる〟ことは真心には当てはまらず、その後もしばらく意味を成す言葉を発することはありませんでした。

## 「音楽語」で自由に表現！

あるときふと、「どこか真心にいいところないかな〜」と友人につぶやいたところ、音楽療法を行っているいいセラピストの方を紹介してもらえることになりました。

しかも、偶然にも自宅と同じ市内！　松戸市にある「音楽療法推進センターMOYO」という施設です。さっそく連絡をして、体験レッスンにうかがうことに。出迎えてくれたのはセラピストのゆきさん。

正直、音楽療法について詳しいことは知りませんでしたが、信頼する友人が勧めてくれたからいいに違いない、という思いと、何だかよさそうな予感がしたので迷わず行くことにしたのです。

体験レッスン後、すぐに申し込みを決めました。なぜなら、真心が笑っていたから。楽しそうに太鼓を叩いたり、ピアノを弾いたり、ベルを鳴らしたり……笑顔だったことが一番の決め手です！

あれから通い始めて2年経ちますが、MOYOの音楽療法にはたくさんの魅力があることを知りました。まず、そこにあるのは「音」だけの世界。たとえば、真心がベルをチリリン～と鳴らしたら、ゆき先生はその音や表情などすべてを見て、それに合わせて、ピアノをタララ～ンと弾いたりして、音と音で掛け合いをしながら、おしゃべりをするといった感じです。

セッション中、真心は表現者であって、障がいなんてまったく関係ありません。何が正しい、正しくないなど頭で考えるのではなく、喜怒哀楽、肯定的な感情から否定的な感情まで、心で感じたことをなんでも表現していい場所なのです。

言葉を使わなくても、音で表現してセラピストと音楽で対話ができるため、言葉を巧みに使う人とのコミュニケーションが難しい障がい者にとって、音楽はひとつのコミュニケーションツールになるのです。

セラピストのゆきさんは、それを「音楽語」という表現で伝えています。障がいの有無や表現方法の違いだけで、「普通じゃない」などと判断されてしまうこの世のなかで、ＭＯＹＯは真心が安心して過ごせる居場所です。音楽療法では、真心はセラピストと〝究極の対等な時間〟を過ごしているのです。

私の周りには、否定的な感情も受け入れてくれる場所って、あるかな？
心で感じることを表現できる場所って、あるかな？
その前に、自分の心で感じたことを、ちゃんと認識してる？
音の世界ってなんて自由なのだろう。

そう考えていたら、毎週そんな時間を持っている真心が、なんだか羨ましくなってくるほどです。

## 話さないけど日本語は得意！

ＭＯＹＯでは定期的に親とセラピストのみで面談をする時間を取ってくださいます。面談では、録画したセッションの様子とともに、セラピストがフィードバックをしてくれるのですが、今までのフィードバックのなかでとくに印象的だったセラピストの言葉は、「真心ちゃんは話さないけど、おしゃべりなのよ～」というもの。

すごくよくわかる！

真心は一切言葉を発さなくても、なんだかんだ周りとコミュニケーションが取れているのです。それは、真心が非言語と言われる、態度・ジェスチャー・表情のすべてをうまく使っているからだと思います。

セラピストのゆきさんいわく、「真心の第一言語は音楽語ではなく、日本語」だそうです。今のところ、音楽で表現するよりも、日本語でやり取りするほうが得意としているらしいのです。

実は、真心はすぐ音楽療法に溶け込んだわけではありませんでした。私には、最初から真心が楽しんでいるように見えたのですが、ゆきさんに言わせると、真心は日本語でやり取りするほうが得意なため、音楽語でコミュニケーションを取ろうとすると警戒していたらしいのです。「日本語でやり取りしよう」と言わんばかりに……。

それでも、言葉で気持ちを表現できない分、態度や表情以外に、音を使うこともできることに気がついて、最近ようやく、音楽語でのやり取りも始まったようです。


話さないけれど、日本語をとても理解している真心。それは、前に述べた真心の気持ちを代弁するなど、私や周りが意識して真心に言葉で返していることが、真心の日本語の理解力を伸ばしたのかもしれません。現に、こちらが言うことは、ほとんど理解しているなと一緒にいて感じます。

たとえば、ジェスチャーなど一切使わず、「お口をテーブルの上のタオルで拭いてね」と言葉だけで伝えると、タオルをとってお口をささっと拭くし、何か質問すると、「うん（YES）」「ううん（NO）」とうなずいて答えます。

ゆきさんがガラスで切ってしまった手の傷痕を真心が見つけて指差し、「イタイ、イタイ」と言ったこともあります。言葉を理解しているだけでなく、「傷痕↓ゆきさんが痛い経験をした」というところまで理解しているのです。これだけ理解しているのに、なぜ話せないのか不思議なくらい。

私も日々、真心の感情やサインに気づけるよう心掛けてはいるものの、なかなか寛容に向き合えないことが多々あります。

真心の泣く、怒る、すねる、ぐずる、叫ぶ、という否定的な感情をどれだけ「いいよ、表現してもいいんだよ」と受け入れられているだろうか。余裕があるときは、真心の行動（泣く・物を投げるなど）に対して、私がどれだけ困っているかを伝えるけれど、たいていは、私も一緒にイライラしたり、「やめなさい！」と言ったり……。時間がなかったり、私に余裕がないときは、受け入れられないことがほとんどです。

一方で、「親だって完璧じゃない、人間だもの」と思っている私は、周りの方々が真心を受容してくれる機会があることに、本当に助かっています。

そういう意味でも、音楽療法ＭＯＹＯは、親である私にとっても救われる場所。私一人で真心と接するには限界もあるし、とても狭い世界・社会になってしまいます。
だから、どんどん協力者を増やして真心が生きる世界を広げていきたいと思います。
それが、真心の人生を豊かにするだけでなく、私自身も楽しい人生になると思うから。

「真心に話せるようになってほしい」と願っていろいろな訓練を探し始めたけれど、
今では「真心が選ぶ表現方法を大切にしたい」と思うようになりました。
　もうすぐ5歳になる今、ママ、うーた（「パパ」という発音が難しいため「悠《ゆう》太《た》」という名前で呼んでいます）、あーちゃん（真心が大好きな私の姉）、ブーブー（真心が大好きな乗り物）、わんわん（犬）、ラッキー（夫の実家の愛犬。亡くなったあとに名前を呼ぶようになりました）、ボンジュール（私がフランス語を練習していたら真似するように）、アーイヤ（沖縄へ旅行をした際に気に入ったもよう）、イタイ……と語《ご》彙《い》は少しずつ増えました。
　日常会話はほぼ非言語での表現ですが、相変わらずおしゃべりです。言葉でのコミュニケーションがなくても、真心の周りには笑顔がたくさんで、誰からも愛される姿を見ていると、言葉よりも大切なものがあることに気づかされる毎日です。

# 真心と暮らす「ありのままライフ」

真心の表情は、本当に豊か。
「自分に正直に生きる」ことを教えてくれた
ありのまま師匠と暮らすありのままの生活は、
ワクワク、ドキドキの毎日です。

**生後5カ月頃**

まだ病気だと知らず、青森、箱根など遠方に泊まりがけで旅行をしていました。どこでもいつでもニコニコ癒しベビー。

**検査入院**

2010年9月27日（生後6カ月）、生まれて初めての検査入院。私たち夫婦にとって、忘れられない日です。

## バギーでお出かけ

病気を少しずつ受け入れ始めた1歳の頃。首もだいぶすわってきました。バギーでお出かけするのが大好きで、近くの公園でピクニック♪

## スイカわり

2014年夏。姉がいきなりスイカを持参し、わが家（室内）で突如“スイカわり”が始まった（笑）。真心もゆとりやいとこに助けてもらって参戦！　楽しかったな〜。

## 長女ゆとり、２歳の絵

真心の病気がわかったあと、ゆとりは“太陽と四人家族”の絵をたびたび描きました。よく見るとみんな太陽に向かって微笑んでいることに気がつき「私も絵のように前を向いて生きたい！」と励まされました。

## 音楽療法

真心4歳の夏。3歳からお世話になっている音楽療法のフェスティバルで、ドラムを興奮気味に叩く真心。以前はこんなに力強くなかった腕力が、音楽の力で開花！

## いつも一緒

真心はゆとりと手をつないで並んで歩くのが大好き。二人を後ろから見ている私も幸せ♡

## 宮古島の海にて

3回目の宮古島家族旅行のとき。乗り物好きな真心は、パトカーの浮き輪がお気に入りで、海やプールをいつまでもパトロール。

## ブルーナの車椅子マーク

車椅子に乗った"ロッテちゃん"は、バギータイプの車椅子を使うときに、「これは車椅子なんだよ」と周知してくれるマーク。お出かけどきは、いつも一緒。

## 大好きゆとちゃん

パパの大学院修了パーティーにて。式典に飽きても、ゆとりと手をつなげば、すぐにご機嫌な真心。

## みんなでジャンプ！

４度目の宮古島家族旅行。恒例の海をバックに真心もじぃじの力を借りて、いとこたちとジャーンプ！

## わずかな成長も大きな喜び

母子手帳の成長記録ページを読むと、一般的には3〜4カ月で首がすわり、寝返りをするようになる。6〜7カ月でおすわりをするようになり、その後、ハイハイ、つかまり立ちをして、1歳でつたい歩きが完成する、と記載されています。

真心の場合、首がすわったのが1歳過ぎ、寝返りとおすわりをしたのは2歳後半、ハイハイ、つかまり立ち、つたい歩きは……治療薬でもできないかぎりありません。

そこで、歩けないならせめて寝返りで自分の行きたいところへ移動できたらと思い、馬ににんじん方式で、おもちゃや食べ物で釣って寝返りの練習をしました。約3年の気ままな練習を経て、ゴロゴロ回転するようになったときは、本当にうれしかったな。真心も最高の笑顔で寝転がりながら、どこでも行けるようになりました。

おすわりに関しては、獲得できるふくやまっこは多いと聞いていたものの、2歳過ぎても座る気配がない真心。周りに誰かがいるとわかると、その人に寄りかかって自分の力で座ろうとしないのです。

でももうすぐ3歳になろうとするとき、支える手を離しても自分の力で座ることができたのです。そのときは、本当にうれしくて拍手をして喜んでいたら、真心は自分の頭の重さに耐えられず、力尽きて頭を床にぶつけちゃったっけ。きっと、自分一人で座った瞬間は、真心が勇気を出した瞬間だったのだと思います。

3歳を過ぎる頃には、真心のなかのモチベーションが上がったのか、座ったまま、お尻を軸にして足で床を押しながら、ゆっくり360度回転もできるように。今までは目の前にあるものしか見えなかったけれど、後ろにも世界があることがわかり、真心もワクワクした表情で回転しています。こうして、遊びの幅も広がって表情も豊かになっていきました。

これらの成長は、真心の勇気と努力の成果のほかに、先ほどお話しした、「発達センター」のリハビリ（理学療法）の先生の指導のおかげでもあります。遊びを取り入れながら、真心の筋力や動きを最大限生活に活かせるように指導してくださるため、真心も喜んでリハビリに通っていたし、何よりも先生が大好きでした。

## 車椅子で〝好きなところに行ける足〟を獲得！

おすわりができるようになったのと同時期に、車椅子も自分で動かせるようになりました。

実は、初めから車椅子を動かせたわけではなかったのです。2歳を過ぎた頃からリハビリの時間に車椅子に乗って自分で動かす、ということに挑戦してきましたが、車輪をこぐことが真心には難しかったようです。

最近の車椅子は軽量のものがあり、筋力が少ない子でも動かせるつくりになっていますが、真心の場合は、車輪を触るけれど前進できないまま、半年近くが過ぎました。しかし、粘り強く指導してくださった先生のおかげで、ついに、真心が車椅子を自分で操作する日がやってきたのです。

ちょうどその瞬間を携帯のビデオで撮影していたのですが、あとで録画を見ると、私は「キャ——！」と喜びの雄叫《おたけ》びをあげ、先生と車椅子の業者さんは、「すごい、すご〜い！」と驚きの歓声をあげていました（笑）。
※その瞬間の動画を載せたブログです。
http://ameblo.jp/sakurakato/entry-11481528058.html

そんな声をよそに、真心はすました顔でスイスイ行きたい方向へと車椅子を動かしていました。まったく動かさなかった今までの時間はなんだったのだろう？　と思ってしまうくらい、一度動かすことができると、小回り、バックオーライ、完璧な操作を見せます。私の運転テクニックよりはるかに上！（笑）
何よりも、真心の表情がもっと豊かになりました。今までは、「あっち行きたい↓泣く、叫ぶなどのアピールをする↓相手のタイミングで連れて行ってもらう、もしくはあきらめる」だったのが、車椅子に乗れば、自分の行きたいところへ行きたいと思ったときに行けるのだから、ストレスフリーそのものなのでしょう。こうして、真心は「好きなところへ行ける足」を獲得したのです。

真心の首がすわった1歳過ぎから3歳過ぎまで、本当に成長をじっくり味わわせてもらい、そのたびに心の底から喜びを感じることができています。

一方で、ゆとりには申し訳ないのですが、ゆとりが1歳から3歳まで成長したときの記憶はあっという間過ぎて、あまり鮮明に覚えていません。歩いたとき、走ったとき、最初に「ママ」と言ったとき、それぞれの瞬間感動したのは事実だったけれど、気づいたらジャニーズ好きの小学生になっているくらい、あっという間の7年でした。

真心に関しては、じらされた分、日常生活が記録されたビデオもたくさん残っているし、記憶にも鮮明に残っています。病気のおかげで、こんなにも子どもの成長と向き合うことができました。最初は病気を恨んでいたけど、今では「病気のおかげ」だなんて思っている自分にびっくりです。

## お願い　その1

街なかで車椅子に乗っている子どもを見かけたら、ひとまとめに「かわいそう」と判断しないでください。その前に、車椅子に乗っている子の目を見てください。どんな目、表情をしていますか？　車椅子に乗ることは、本人にとっても、家族にとってもうれしいことかもしれないのです。

私は子どもたちが真心を見て、「なんで車椅子に乗ってるの？」と聞いてきたときは、「足の筋肉が弱くて歩くことができないの。でもね、この車椅子があれば、足の力が弱くても自由に動いて行きたいところに行ける、とっても助かる乗り物なの！」と答えています。

視力が弱い人は眼鏡をかけるように、足の筋力が弱い人は車椅子を使うのです。眼鏡をかけていてもかわいそうだと思わない世のなかと同じように、車椅子はかわいそうな乗り物ではなく、〝便利な乗り物〟という認識が日本中に広まりますように。

## お願い　その2

一見バギー（ベビーカーのようなもの）だけど、車椅子兼用のものがあります。足が不自由な子、体の自由がきかない子の移動手段として、お出かけする際にも重宝します。車椅子を持っている真心でも、遠出をする際は車椅子だと疲れてしまうため（こぐのも、座っているのも筋力を使うのです）、バギーを使っています。

しかし、体が成長するにともない、バギーに乗っていることで、さまざまな声を聞くことがあります。電車では、「おい、たためよ！」と言われたことがあります。エレベーターでは、「あら、大きいのに歩かないの？　甘えん坊ねぇ～」とおばあちゃんに声をかけられたことがあります。

どちらも、ため息が出る出来事ですが、一番つらいのは、言葉にならない周りの視線。なるべく電車が混《こ》む時間の利用を避けるようにしていますが、少し混雑した電車に乗ると、「邪魔だ！」という冷たい視線を感じたり、舌打ちされたりすることもあります。一方、「こっち空いてますよ」など助けてくださる方がいるのも事実です。

そこで、「このバギーは車椅子兼用です♪」ということを認識していただけるよう、最近は車椅子マークをつけるようにしています（真心は、「こころのボーダーをなくそう！」プロジェクトのロッテちゃんマークを使っています。口絵参照）

マタニティマーク（妊婦さんがつけているマーク）のように、もっと認知度が上がって、「バギーだけど車椅子なんだね♡」と理解してくれる方が増えてくれたらうれしいです。

## ペーパードライバーからの脱却

真心が一生懸命、可能性に向かって挑戦しているとき、私にも挑戦せざる得ないことが出てきました。それは〝車を運転すること〟。

18歳のときに、「きっとそのうち役立つだろう」という安易な理由で取得したものの、自分の運転センスのなさに自信をなくす、極めつけの出来事がありました。

それは、19歳の春。カナダに留学をすることになった旅立ちの前夜、お世話になったバイト先まで車で向かい挨拶をして帰った夜のことです。近所の方たちも車を停める月極め駐車場の片隅に駐車。車から降りようとすると、ドアが開かない……。ん？　と思った私は、助手席側から降りて外から自分の停めた車を見て唖然《あぜん》としました。なんと、隣の車との距離、わずか数ミリ。一瞬、神業《かみわざ》かと思ったけれど、しっかりこすった跡がありました。「これは私の手に負えない……」そう思った私は、夜も遅くかなり気が重かったけれど、両親に助けを求めました。

「駐車に失敗しました……」

現場を見た両親はため息しか出ません。とにかく、もう一度駐車し直さないと、お隣の車に迷惑をかけてしまいます（もう十分迷惑をかけているけれども……）。

ここからは、父と母のチームプレイ。父がハンドルを握り、母が絶妙な合図でこすらないように車を誘導していきます。夜も遅く、暗いなかでの父の繊細なハンドルさばきは「ブラボー!!」のひと言。父がヒーローに見えました。

気まずかったのは、翌朝には空港へ向かわなければならなかったこと。車に傷をつけてしまったことをお詫びするため、出発前に車の持ち主の家にご挨拶に向かいました。長年の付き合いをしている近所の方で寛容な態度で接してくださいましたが、私は申し訳ない気持ちと、「やってしまった……」という気持ちで凹《へこ》んでいました。

お詫びの気持ちを告げて、私はカナダへ飛び立ち、修理代などのあと始末を両親がしてくれました。

私は自分自身の運転のセンスのなさを痛感し、何よりも両親や周りに迷惑をかけたことを思うと、その後「また運転したい」という気持ちにはまったくなりませんでした。むしろ、「今度は人身事故を起こしてしまうかも」「私はハンドルを握ってはいけない人間なのだ」と思うようになり、〝一生助手席人生〟を誓ったのです。

そんな私に突如試練はやってきました。

第一子、ゆとりが生まれ、第二子、真心も誕生し、私と子どもたちで遠出をするとき、私が運転できたら便利だなぁ～と頭をよぎるけれども、「いやいや、事故を起こしたら大変だから、公共機関を駆使していこう！」そう決めていました。

しかし、真心が一生歩けない病気だと宣告されたことで事態は急変したのです。

①真心の病院通いの必要性。電車で3駅、駅から徒歩10分の場所にある病院にかなり頻繁にお世話になっていた。

②週1回のリハビリ。電車だと5駅、さらに駅から徒歩20分の距離。

③自宅から徒歩20分の距離にある保育園。真心の首、体幹が弱いため、三人乗り親子自転車という選択肢がなく、送迎は徒歩。雨の日、風の日を考えるとつらい。

④公共機関・タクシーを利用する方法もあるけれど、経済的な面で厳しい。

これらの要素を一気に楽チンに変えるもの、それが〝自動車の運転〟でした。私が

自動車を運転できれば、
①真心の病院通い↓車で10分
②週1回のリハビリ↓車で30分
③毎日の保育園の送り迎え↓車で5分
④もともと夫が運転する自家用車があるので、経済的にもリーズナブル。しかも、いかなるときも天候を心配しなくてもいい!!

トラウマを乗り越えて日々の楽チンをとるか、それとも、トラウマのまま封印して日々の不便に耐えるか……。

答えは迷わず、前者でした。でも実際、自分が運転をすることを考えると身震いがするほど恐怖心が出てきて、まったく前向きになれませんでした。

現状を打破するためにとりあえず調べてみると、先生が出張できてくださり、自家用車を使って、家の周りやいつも使う道で練習できる、実践型のペーパードライバー教習を見つけました。私は覚悟を決めました。よし、やってみよう！

## ✤ やればできる!!

初教習の日。先生が自宅まできてくださり、まず家の駐車場から近隣の道を練習しました。「運転は慣れだから。がんばって！」と背中を押してくれたはずの夫が、言葉にはしなかったけれど、「大丈夫かな、車ぶつけないかな」と不安な表情をしていました。私は戦場に向かうような覚悟でいたので、大げさだけどこれでお別れかもしれない、という気持ちで娘たちと夫をギューッと抱きしめました。すると、ゆとりは「ママがんばって!!」と、笑顔で応援してくれました。

いざ、運転席に座ります。

あれ？　アクセルとブレーキどっちがどっちだっけ？　サイドブレーキはどこ？

ペーパードライバーどころじゃない、初歩的な始まりでした。ハンドルを握る手が震えて、吐き気が襲い気持ちが悪くなりました。本当に怖かった……。教習の日が近づくにつれ、人をひいてしまう夢を何度も見ていて、〝私は事故を起こす〟イメージができあがっていたのです。車をぶつけるくらいだったらいい（夫はよくないだろうけど）。私は誰かを傷つけてしまうのが本当に恐ろしかったのです。

でも、そんなことはおかまいなしの先生。助手席からブレーキを操作できる器具を使っていたので、「いざというときは、ちゃんと守りますから安心して運転してください」そう背中を押してくださいました。

意を決して、かなりスローなスピードで、恐る恐るそお〜っとアクセルを踏み込む……。先生に「遅すぎるのも危ないのでもう少しスピード上げましょうか」と言われ、徐々に普通のスピードに。たかが40キロくらいのスピードだけど、ジェットコースター並みの速さに感じました。その日は、大きい通りを左折、右折、左折、右折とぐるぐる回る練習を延々と繰り返しました。

慣れてくると、実際に利用する道の練習になりました。家から病院、家から姉の家、家から保育園など。終わると神経をすり減らした感じがして本当に疲れました。でも、それ以上に「できなかったことが、できた」喜びがあり、怖さは残っているものの、

「やればできるじゃん！」という気持ちがふつふつとわいてきたのです。

真心が病気でなければ絶対考えることはなかった、ペーパードライバー教習。「こうでもしなかったら私、一生運転できなかった！」と思うと、真心のおかげで挑戦できたことに感謝の気持ちがわいてきます。

死ぬ気で終えたペーパードライバー教習から早3年が経ちます。今でも、知っている道、決まった場所しか運転できないけれど、3年前の私に比べたらすごい進歩！ゆとりには「ママ、運転上手になったね！」と言ってもらえるようになりました。

日常生活で必要な範囲での運転はクリアしていますが、近い将来、自宅から東京の新宿区にある東京女子医大病院まで運転できるようになる、という目標があります。

今は軽量タイプの車椅子で、電車を使ってなんとか移動できているけれど、真心の成長&症状の変化とともに、公共機関も使い難くなるからです。高くそびえ立つ東京の高速道路の壁。果たして私は、その壁を乗り越えられるのか……。

私の試練はまだまだ続きます。

# 5章

## 「あとで」はなし。今、やりたいことをやる！

## 普通の家族が映画になる!?

「加藤家のドキュメンタリー映画を撮りたいです！」

と、映画監督の蛯原《えびはら》やすゆきさん（愛称：えびちゃん）に相談されたのは、２０１３年春。ちなみに、えびちゃんと知り合うきっかけをつくってくれたのは、３章で登場した佳子さんです。真心の病気とともに生きる家族の物語、として思いを形にしている姿を撮りたいとのことでした。

「こんな普通の家族を映画化⁉　いったい、誰が観るの？　絶対誰も観ないよ（笑）」

そんな会話を夫とした記憶があります。真心の病気がすでに日常のものになった頃だったので、普通の家族を映画化するなんて、意味がわからなかったのです。

それでも、えびちゃんは熱く語ってくれました。

「思いを形にしている人を映像にして発信したいと、ずっと前から考えていた。世のなか、自殺する人が年々増えている。一方で、一生懸命生きている人もたくさんいる。

そんな人たちを映像にして発信することで、それを観た人に何かしらの影響を与えることができるかもしれない。

それに、病気・障がい者のいる家族はたくさんあるけれど、子どもの笑顔だけでなく親自身も笑顔でいるためにどうしたらよいか、試行錯誤しながら前向きに行動している加藤家の姿を追いかけたいと思った。それを映像にすることが、僕にできることだと思っている」

そうか……。確かに、真心の病気を機に、夫も私もいつかくる〝死〟まで後悔しない日々を過ごそうと〝今、ここ〟を大切に過ごしているし、周囲も真心の病気をきっかけに考えさせられることが多々ある。きっとわが家だけでなく、世のなかを明るくするためにも必要なメッセージなのかもしれない。だとしたら、発信するのは意味のあることだと思い、検討するようになりました。

でも、最初はネガティブなことばかりが浮かんできました。どれくらいの規模で上映されるかわからないけれど、家族が公《おおやけ》に出ることには違いがない。そうなると、心ない言葉を耳にしたり、イヤな思いをすることが出てくるかもしれない。私一人だったら、自己責任で処理できるけれど、夫や子どもたち、撮影に協力してもらう私の家族にイヤな思いをさせてしまうのは申し訳なさすぎる。

でも、待てよ。病気のことを知ってもらういい機会になるじゃないか。障がい者への無知からくる偏見に対して「差別反対！」と運動を起こすよりも、私自身、まずみんなに知ってもらう努力をしたいと思っているじゃないか。

真心や私たち家族が幸せでいるのは強気でもなんでもなくて、自然なことだと知ってもらうことで、世のなかの「障がい者とともに暮らす家族」のイメージを明るいものにできるかもしれない。それに、えびちゃんの仕事ぶりからいっても、事実だけを映像にしてくれるはず。お涙ちょうだいのものに仕立て上げたりはしないだろう。

こんなポジティブな考えも出てくるようになり、夫や家族（私の両親・姉妹）に相談しました。

「映画化の話があって、ドキュメンタリー映画の撮影に協力してほしいの。もしかしたら批判的なことを言われたりするかもしれないけど、真心の病気を知ってもらういい機会だし、やってみようと思っているんだよね」

最初夫は、まったく乗り気ではなく、とてもいい返事をもらえそうにはありませんでした。そのことをえびちゃんに伝えると、監修を担当する方と一緒に自宅まできてくれて、夫の前でなぜ加藤家を映画に撮りたいのか、この映画を撮ることでたくさんの人たちに勇気を与えたいことなどを、熱く語ってくれました。周りから強く押されて、とくに反対する理由が見つからなかった夫は、なかば流された形で承諾してくれました（笑）。実家の父と母も、真心のために協力してくれると快く返事をしてくれたのです。

## 映画をとおして知った家族の胸の内

こうして、2013年6月頃から撮影が始まりました。真心が3歳のときです。編集のために、真心が生まれてから今までの成長を記録したホームビデオをえびちゃんに渡しました。

自宅での撮影、私の仕事姿の撮影（全部カットになってたけど……笑）のほか、女子医大の主治医の先生、先輩ふくやまっこの駿くんとお母さん、ふくやまっこ家族の会、保育園では真心のクラスのお友だち、先生方にもご協力いただきました。

映画のなかには、夫のインタビュー、私の両親、姉のインタビューも入っています。そのとき、私はその場にいなかったため、完成した映画を観て初めて彼らが何を語ったのかを知りました。

実は、真心の病気がわかったとき、それぞれがどんな心境でどんなことを考えていたのか、今まで話し合ったことがありませんでした。それぞれショックを受けたのは間違いなかったけれど、開けてはいけないパンドラの箱のような話題になっていて、ずっと鍵がかかったままでした。それを、まさか、家族以外のえびちゃんが鍵を開けることになるなんて！

わざわざ開けなくても変わらず日々過ごしていくことはできました。しかし、映画をとおして、真心の病気がわかったとき、夫、姉、両親がどんな気持ちだったのか、どんなことを考えたのかを知ることができて本当によかった、と今では思っています。

姉のあーちゃんに真心の病気を報告する際、病気の説明が書かれた文献も一緒に渡しましたが、私はあーちゃんがあっさり受け取る姿になんだか物足りなさを感じていたのです。しかし、映画でのインタビューを機に、本当は文献に書かれていることを見てあまりにも酷な事実に涙していたことがわかりました。

でも、涙を流していてもしかたない。文献に書いてあることだけでなく、真心ちゃんには真心ちゃんの生きる力があるから、自分の子どもたちも真心ちゃんと一緒に育っていってほしい、そう前向きになってくれたそうです。

夫は、「早く死んでしまうかもしれない」という心配のほかに、「歩けない」ことがショックだったようでした。しかし、あるとき「歩けないんだったら、僕が真心の手足になればいい！」そう思えるようになり、気持ちが楽になったと言っていました。

私はこの夫の発言を知ってからというもの、夫が家にいて、真心がトイレに行きたいと訴えたときは、真心の手足となって連れて行ってもらっています。真心も「パパ＝トイレに連れて行ってくれる人」と認識しているようです（笑）。

病気を告知されたときは、みんな言葉や態度に出さなかったけれど、それぞれの心のなかで、悲しみと葛藤を繰り返し、それを乗り越え明るく生きようとがんばっていたことを知り、さらに家族の絆《きずな》が深まったように思うのです。

映画は２０１３年末に完成しました。２０１４年から自主上映で教育機関や全国各地で上映されています。映画のタイトルは「えがおのローソク」。「真心ちゃんがいつまでも笑顔でお誕生日のローソクをフゥ〜と消せますように」という願いが込められています。

えびちゃんは、映画のタイトル文字「えがおのローソク」をゆとりに書いてほしいと言ってくれました。そのとき、5歳だったゆとりは文字を書くことに興味はあったものの（お友だちにお手紙を書くことが好きでした）、ちゃんとした文字が書けませんでした。でも、それがいい味を出したのだと思います。

まず、私がお手本として「えがおのローソク」と文字を書き、ゆとりがその字を見ながら白紙に文字の形を真似て書いていきました。「え」が蛇のようにウネウネ伸びているなど、大人が狙ってもなかなか書けないような字になっています。

ひとつだけ、カタカナの「ソ」がどうしても「ン」になってしまうので、「上から滑《すべ》り台を滑るようにシュ〜って書いてみて♪」とアドバイスをしましたが、見方によっては「ン」に見えるかも？

「えがおのローンク」でもわが家にぴったりですが（笑）。その理由については、のちほど触れることにします。

## おまけ

私が「えびちゃんが監督でよかった！」と心から思う理由は、次のふたつです。

①事実をありのまま描写してくれた

インタビュー内容は編集次第で、意味合いがまったく異なることがあります。でも、えびちゃんの編集は、伝えたいことがそのまま残っていました。

観客を泣かせるためだったら、執拗《しつよう》に不幸に見せたりすることもできるけれど、えびちゃんは事実をありのまま伝えてくれました。自宅のキッチンで撮影した私のインタビューシーンのときも、映画で確認したら、私の背景にゴミ袋がおぼろげに映されていて、生活感もそのまま伝えてくれました（笑）。

②ゆとりへの配慮

真心が中心の映画なので、カメラは常に真心に向いていました。映画のなかでも、きょうだい児についてほんの少しだけ触れてはいるけれど、やはり主人公は真心なのです。でも、あるとき、えびちゃんは気づきました。「ゆとりちゃんはどう感じているのだろう?」と。

そこで、えびちゃんがしてくれた粋《いき》な計らいとは、ゆとりの今まで撮りためただけの状態だったホームビデオを編集してくれたこと。ゆとりが主人公のDVDをつくってくれたのです。しかも、BGMは当時ゆとりが大好きだった嵐の曲!

ゆとりは、真心ばかりにスポットライトが当たっていて寂しかったようですが、このDVDを見せたとたん、満面の笑みになりました。「ゆとちゃんのDVDみたい!」とたまに思い出したように見ています♪　えびちゃん監督、ありがとう!

## ✤毎年恒例の宮古島旅行

私の両親は、悲しむだけでなく、病気について調べて、今自分たちに何ができるのかを真剣に考えてくれました。進行性の病気なので小学校低学年をピークに筋力が低下するということを気にしてくれ、真心がまだ成長期の今のうちに、いろいろなことを感じ、経験してほしい、そう思ってくれました。

そんななか、真心に見せたいと思ったのは海。「キレイな海に連れていってあげたい！」という思いから、選んだ場所は宮古島でした。

そこで、真心が安心して旅行することができるのか、まず両親と妹で、下見旅行をしてくれました。その結果、病院やバリアフリーのホテルなどが完備されていることがわかり、真心が1歳の頃から、年に一度、両親と姉家族、妹家族、わが家で宮古島旅行が恒例行事となったのです（妹が結婚、出産し、今では計13名！）。

初めは飛行機に乗って遠出をすること自体が冒険。体調不良で入院することが数カ月に一回の頻度だったので、予約しても行けるかどうか当日までハラハラしていたし、旅行先で具合が悪くなったらどうしようという不安もあったのです。

しかし、そんなときに背中を押してくれたのは、周りのふくやまっこ家族の行動力！「海外旅行したよ～」「沖縄行ったよ～」などという声を聞くたびに、私たちも「行けるかも！　行きたい！」と思えるようになっていったのです。それに、「今行かないと後悔する」そう感じました。「あのとき行っておけばよかった……」よりも、「また今年も行けたね！」のほうが断然ワクワクします。

真心は宮古島が大好きです。というのも、プールや海に入れるから。パトカーの浮き輪にまたがって、お水にプカプカ浮いているとき、とっても幸せそうです（口絵参照）。自宅近くだと、海のお水が冷たいので体が冷えてしまうし、おむつがとれていないのでプールに入ることもできないのですが、宮古島は温かいので水に入っていても体が冷えないいし、水のなかでも大丈夫なおむつをはけば入れるプールもあります。真心にとって、宮古島はパラダイス！　その証拠に、明け方4時くらいに起きて、パトカーの浮き輪を指差し、「早く遊びたい」という顔をします。「これに乗りたいの？」と聞くと、「うん」。「プールに入りたいの？」と聞くと「うん」。真心にとっては時間など関係なく、一刻も早く、楽しい水遊びをしたくてたまらないのです。

宮古島の旅行は、長くても3日が限度ですが、一度「大丈夫だった」「楽しかった」経験をすると、次の挑戦を考えるようになるものです。今では夫と「家族で海外旅行をしたいね！」と話しています。

「世界一周旅行をしたいね～」「私が暮らしていたバンクーバーに、家族で行きたいね～」「新婚旅行で行ったバリに家族で行きたいね～」と言いたい放題です（笑）。そんな会話をしているだけでも幸せなひとときなのです。

いつか必ず実現しますように！

## おまけ

この宮古島旅行の4家族分（両親、姉家族、妹家族、わが家）の旅費は、すべて父が出してくれています。実家は、決してお金持ちではなくごく普通のサラリーマン家庭。真心の病気がわかってからというもの、両親は倹約に倹約を重ね、真心に楽しい経験をさせてあげたいという気持ちから、みんなを宮古島に連れて行ってくれるようになりました。だから、普通の旅行とは重みが違うのです。

両親は、「真心ちゃんは、みんなの絆をつないでくれる素晴らしい存在だね」と言ってくれます。お父さん、お母さん、本当にありがとう！

## ✤ 家族が幸せになるために一軒家がほしい！

真心が生まれて四人家族になり、私はふと「一軒家がほしいなぁ〜」と、思い始めました。しかし、夫にはまったくその気がなく、借金を背負ってまで家を買いたくないようでした。かくいう私も、持ち家がほしいと思いつつ、過去10年間を振り返ると、カナダ、埼玉、東京、名古屋、千葉と転居を繰り返していたため、一定の場所に住むイメージができず、賃貸で移り住むのもいいかもという気持ちもあり、物件を探す行動には至らなかったのです。

ところが、真心の病気を受け入れられるようになってきた段階で、私は先々の展望を考えるようになりました。

真心の今後を考えると、今のマンションは狭いし住みにくいなぁ。

玄関や家全体がバリアフリーで、大きくなった真心を抱きかかえても真心が壁に頭をぶつけなくていい間取りだったらいいなぁ。

寝たきりになったら、家で過ごす時間が増えるよなぁ。

今のマンションは陽当たりが悪いし、一日中家にいると気分が暗くなってきちゃうからなぁ。

寝たきりでも快適な空間があればいいな。吹き抜けや大きい窓があってお空が見える家だったら真心も楽しいだろうし、私も家にいる時間が増えても苦にならないだろうなぁ。

きっと、そのうち仕事できなくなるんだろうなぁ。でも、仕事ができるようなスペースがある家なら、講座や内職だってできる。在宅でできることって、たくさんあるよなぁ。

など、不安に思う要素も、一軒家があると想定してみるだけで、とてもワクワクしたものになったのです♪

そのことをわが家の財務大臣である夫に伝えましたが、反応はイマイチ。私にとって、自分たちの家を買うことは家族で幸せになるために必須アイテムでしたが、夫はそう思っていなかったのです。

家を買うことは簡単なことではないのはわかっているけれど、そのとき初めて、結婚して以来、大きな価値観のズレにぶつかる予感がしました。

私はなんとか夫をその気にさせようと、あの手この手をつかって試みました。気になっていた工務店が手掛けたオーガニックサロンに連れて行ったり、その工務店が主催しているモデルハウス宿泊体験に申し込んでみたり。しかし、現実的な夫は「いいのはわかるけれど、お金がね……」とバリアは固いまま。ワクワク未来志向主義の私VSドッシリ現実主義の夫、という感じで平行線をたどるのでした。

今思えば、シーソーのようなバランスのいい夫婦だな、と思いますが（笑）、そのときは夫に対して「なんでわかってくれないのだろう？」と思うことがたくさんあり、まったくバランスがとれていなかったのです。

それでも、私の一軒家へのワクワク、憧れは消えず、タイミングを見て夫にアプローチし続けていました。

自分たちのお家があるっていいよ〜♪

ゆとりだって、今のマンションは狭いからお友だちをお泊まりにも呼べないけれど、招待できるようなお家がいいなぁ～って言ってるし♪

真心だって、今のマンションは寝返り2回で壁にぶつかるけど、バリアフリーのお家だったら車椅子で自由に動けるし♪

私だって、陽当たりの悪い暗いお部屋で過ごすより、明るくて広々した空間だったら、真心が寝たきりになったときでも気持ちの余裕が違うと思うの。それに、将来的に在宅で何かできたら、って思っているのよね♪

そうそう、悠太（夫）だって、今は自分のお部屋がないけど、本を置いたり勉強できる書斎がつくれるかもしれないよ。お家があるっていいよ～♪

お家の話を始めるとワクワクして、目がランランとする私を見て、ついに夫が折れるときがきました。

「家族のために、買おうか」

夫がほしい！　というよりは、家族のためにというのが正直なところだったそうです。それからは、お金のことは夫担当、家のことは私担当で動き出しました。

## 毎週末の家探し

まずは、探す家について。夫にしてみれば、中古の家、建売住宅のほうが金銭面で助かる選択でした。しかし、今の建売のつくりは3階建てで2階がキッチンなどのリビングルーム使用のモデルが多く、1階で生活することが最優先、かつバリアフリーではないと困るわが家は、新築で探すことにしました（最終的には違う選択を余儀なくされたのですが……）。

次に住む場所。当時、住んでいた駅は、交通の便もよく、とても住みやすい反面、土地の値段が高いので即却下。思い切って田舎暮らしでもしようか？　なんて話も出たけれど、真心の通院や周りの家族の協力を得ることを考えると、離れすぎるのは現実的ではありません。

そこで、両方の実家（千葉と茨城）からも近く、頼りになる姉の家からも近い場所にしぼることにしました。姉の家の子どもたちとゆとりは、本当のきょうだいのように仲良く育っていたのです。

率直に言うと、真心が長く生きられなくても、大きくなってからゆとりが頼れるきょうだいのような存在になってくれたらという思いもありました。

それから欠かせないのは工務店。私が一目ぼれした工務店は、自然素材の木と珪藻《けいそう》土《ど》を使用したきれいな空気の家を提唱している「早稲田ハウス」。私が生きていくうえで必要だと思っている3つの要素「空気」「食」「人」のひとつ、「空気」にこだわり、木のぬくもりを感じられるワクワクする家を提案していたからです。

夫も木の素材は好きなようでしたが、そんなことよりも気になるのはお金の問題。夫は早々に、「他社とも比較してみよう」と提案してきました。私も、他社を見て納得するのも大切だと思っていたので、早速ネットで「自然素材、木のお家」などの検索でヒットした会社を数軒見て回りました。と同時に、不動産屋にも問い合わせて、「いい土地があったら紹介してください」とお願いしてあったため、週末はお勧めの土地巡り&工務店訪問の日々。

しかし、そんな週末が半年以上続くと、さすがにゆとりにとっては退屈だったようで「また土地探し〜？」とブーブー文句を言われるようになりました。

1年経っても「これ！」という土地に出あえず、私たちもなんだか疲れてしまい、いったん、家探しを休憩することにしたのです。


そんなある日、土地もお家もご縁、とはよく聞きますが、「その通り！」という出来事がありました。

私がたまたま通りかかった姉の自宅近くの不動産屋にふらっと入り、「バリアフリーにしたいので土地は広いほうがよく、予算はこれくらいで。でもそんな都合のいい条件の物件なんてないですよね〜」と相談したのです。すると、「たった今、ちょうどいい物件の相談がありましたよ！　まだ手続きが終わっていないので正式にはご紹介できませんが、1カ月以内にはご案内できると思います。参考までにこんな土地です」と紹介してくださいました。

それは、築32年のお家が建っている約60坪の土地！　上物のお家の解体費用はかかるけれど、それを考慮しても予算内。閑静な住宅地で、なんと姉の自宅から徒歩5分以内の近距離。

「わぉ！　見つかっちゃった♡」そんな気持ちで、早速夫と一緒に土地を見に行き、そこからは今までの停滞した時期がウソのように、トントン拍子で話が進みました。工務店は、最終的には夫判断で、質はもちろん、他社比較したなかで一番対応がよかった早稲田ハウスさんにお願いすることにしました。

すべてがスムーズにいく、そう思ったのも束の間、新たな壁が立ちはだかりました。

## やっぱり、家は買えない!?

夫が会社を辞め、1年間だけ大学院に行くことが決定しました。土地探しと並行して大学院の試験勉強をしていた夫が、大学院に合格したのです（詳しくは、206ページの「夫、大学院生になる！」をご覧ください）。会社を辞めるのも、大学院に進むのも、好きにすればいいけれど、夫が口にした言葉は、

「だから、家は買えない……」

ガーン！　話が違うじゃないか。今まで散々話をしてきたなかで、大学院に進んだとしても、これまで貯《た》めてきた貯金でやりくりして、その後ちゃんと働けば返済はできるし家は買える、と言っていたではないか。

夫は、シミュレーションのなかでは返済ができるけれど、いざローンを組むとなると怖気《おじけ》づいてしまったと正直に話してくれました。でも、私の気持ちは収まりません。今までワクワクした気持ちで読んでいたオシャレな家の雑誌を破ってしまいたいくらい、そして、おなかのなかでグツグツ煮えたぎる音が聞こえるくらい憤慨しました。

「ひどい！！！！」

話し合いをしたその夜のことを鮮明に覚えています。なぜなら、お天気がまるで私たち夫婦を表現しているかのように、凄まじい嵐だったから。大雨、強風、たまに雷。二人とも感情的になり、ヒートアップしていったため、途中で夫が「外に行く！」と出て行きました。夫もその夜のことを鮮明に覚えているようで、あとでこのときのことについて、次のように言っています。

「家を買うのはやめようと妻に伝えるも、妻の家を買いたい気迫がすごかった。深夜の夫婦ゲンカは長く続いたので、冷静になろうと思って、雨の降るなか、外でタバコを吸った。そして、ふと新築はやめて、解体する予定だった上物の家をリフォームしたら安くなるのではと思った」

嵐のなかに飛び込んで行った夫が帰ってくると、洋服は濡れ、髪の毛がボサボサのまま、こう言いました。

「中古リフォームはどう？」

それまで、0か100か、買うか買わないかで話を進めていたため、夫からの提案に「えっ？　中古リフォーム？」と拍子抜けした私。お申し込みをした土地に建つ築32年の家は解体する方向で考えていたため、リフォームをすることはまったく考えていなかったのです。確かに新築でやりたい構想（吹き抜けとか）はたくさんあったけれど、この際、中古リフォームでも、いい家ができるのではないかと思えてきました。

「よし、とりあえず、築32年のお家を内覧させていただこう！」

こうして解体予定だった家に入らせていただき、家の構造、状態などをプロの目で調査していただきました。おそらく腕のいい職人さんが建てた家のため、使われている柱はまったく腐っていないし、シロアリなども発生していない、とてもよい状態とのこと。この結果を聞いた私たちは、解体するのがもったいないと思えるようになり、中古リフォームで話を進めることにしました。

最初は築32年という響きに「耐震大丈夫なの？　古くないか？」など不安でしたが、状態がよいと聞いたことで徐々に、「私も今32歳でお家と同い年。中古だなんて言われたくない。せめて新中古と呼んでほしい。解体？　とんでもない、まだまだイケるわよ！」と、築32年のお家に妙な親近感がわいてきたのです。

## 夢の一軒家、完成！

こうして、「一軒家がほしい」と動き出してから約2年の歳月を経て、門から玄関までスロープがあり、1階はすべてバリアフリーの生活するスペース、2階は講座ができるスペースと将来のゆとりのお部屋、夫の書斎（予算の関係で唯一リフォームされていないお部屋。結果、物置になっている）があるお家が完成しました！

……と、この一文で終わらせたくないくらい、実際は家をリフォームするにあたり夫婦間でさらにゴチャゴチャありましたが（笑）。


あれだけ家がいらない、買いたくないと断固拒否していた夫に、実際、リフォームした家に住んで2年目の今の心境を聞いてみました。

「義姉の家も、リハビリセンターも、支援学校（真心が将来通う）も近くにあり、真心が1階で生活できているので、この家しかなかったなと心から思っている。

でも、決め手はやっぱり、さくらの気迫。あれがなかったら買わなかった。さくらはそれくらい真心のことを大切に思っていたのだと思う。僕は定住するより、自由に住まいを変えたいと思っていたし、まず借金がイヤだった。真心の病気がなかったら、やっぱり家は買わなかったな」

そう、私の気迫が決め手だったらしいです（笑）。この家は、私が本気でぶつかった賜物《たまもの》だと思っています。

お家を買ってよかったな、と思うときは決まって、子どもたちの笑顔、私の笑顔、そしてなんだかんだ家が好きな夫の笑顔を見ているとき。

ゆとりは「お友だちを呼んで遊ぶことができるから、お家好き！」って言ってくれるし、真心は室内用車椅子を乗りこなして、うれしそうに私のあとを追ってきます。ハイハイも歩くこともない真心にあと追いは無縁だと思っていましたが、今はどこにいてもうれしそうに車椅子でついてくるのです。

ローンはまだまだありますが、まさに、「えがおのローンク（苦）」です。

# 6章

# 私らしく生きる

## 親業って何？

24歳の頃、職場で上司との折り合いがつかず、人間関係をどうにかしたいと思っていたときに、心理学に出あいました。

たまたま手にした日本メンタルヘルス協会の衛藤信之先生の著書『上司の心理学』（ダイヤモンド社）の内容がとても面白かったので、すぐに講座に申し込んだのがきっかけです。

勉強に対して苦手意識が高い私ですが、日本メンタルヘルス協会の講座内容は予想をいい意味で裏切ってくれました。頭ではなく、心で受ける（ウケる、笑いの要素も有）講座で、自分を知ることや心に関してとても興味を持つようになり、学びを深めたいという思いで、いつもワクワクしながら講座を受講しました。

心理カウンセラーになりたい、とはこれっぽっちも考えていなくて、ただ、もっともっと学びたい、もっともっと知りたい！　という欲求で受講していました。

実際、いろいろな考えや学びを得るなかで、気づきが心を軽くしてくれることもあったし、自分自身と向き合うことはこんなにも苦しいことなのかと改めて感じることもありました。それでも、自分自身と向き合うことは自分を大切にすることと同じで、どんな感情であってでも目をそむけず感じること、イコール生きていること、だと気づかされました。そのときから、自分の感情は無視してはいけないと肝に銘じたのです。

当時、私が得た気づきや、いいなと思った考えを自分だけのものにするのはもったいないと思い、お付き合いをしていた彼（今の夫）や友人、職場の同僚にシェアもしました。それから、めでたく結婚をしたのですが、楽しそうに受講している私を見て、気づいたら夫も受講生になっていました。最終的には、夫婦で公認心理カウンセラーの資格をいただきました。

資格をいただいても、心理カウンセラーとして活動をしようとは思わず、日常や仕事で学びを活かせたら、という思いでそのまま会社勤めをしていました。そして、第一子を授かり、出産をして、長女が生後6カ月の頃のこと。ある日、義理の母から

「親業」の存在を教えてもらったのです。

「おやぎょう？」と初めて聞く言葉に首を傾《かし》げながら、子育てに役立つらしいという情報が気になり、家に帰ってネットで調べてみました。

多くの親は「親の役割」をはたすために、自分の親から伝えられた経験と、さまざまな情報・知識に揺れながら試行錯誤を繰り返しているのではないでしょうか。この暗闇に手さぐりしている親達に、ひとつの方向が示されるようになりました。それがコミュニケーション訓練、親業訓練講座です（親業訓練協会ＨＰより抜粋）。

お、面白そう！

まさに私が探していたものでした。会社に就職し、営業や管理職を経験するなかで、さまざまな研修を受けてきました。初めてのバイト先は飲食店でしたが、研修期間がありました。

それなのに、なぜ親という命を育てる重要な役割には、何のサポートもないのだろう、どうやってみんな子育てをしているのだろう、と心底不思議に思いながらも、両親の子育てを思い出してみたり、すでに親になった姉にアドバイスを求めたり、ママ友やメディア・雑誌の情報を頼りにするしかなかったのです。

そんなときに「親業」の存在を知り、「あった！　親へのサポートがあった！」とうれしくなったことを覚えています。ピンときた私は、早速夫に相談して、お休みの日に生後9カ月の長女を見てもらい、講座を受講することにしました。

合計24時間のプログラムの親業訓練一般講座では、「相手の心に寄り添って聞くこと」「私を表現し、伝えること」「相手と対立が起きたとき、お互い気持ちよく解決する方法」を学びました。「子育てのために」と思って受講したものの、実際は子育てのみならず、夫婦間、家族、友だち、職場、あらゆる人間関係に有効な方法だと理解しました。

そして、子どもを「私の赤ちゃん」だと思っていた私は、「親業」での学びを通して、「私とは別の人格をもった、一人の人間」という認識を持つようになり、その認識が子育てをするうえでとても重要だと気がついたのです。

子どもには子どもの考えがあり、子どもが歩む人生の道がある。当然、親にも同じことが言える。

子どもは自分の考えを持ち、自分で人生を歩んでいるのだから、親はそのサポートをするのが役割なのではないか。そう思った時点で、私が背負っていた子育ての荷物はだいぶそぎ落とされていた気がしました。

私は、「自分だけではなく、〝親業〟が、親になった方々の学びの選択肢のひとつになったら救われる方が増えるかもしれない……。よし、38歳になったら親業インストラクターとして活動をしよう！」と決心したのです。

そう決めたとき、当時28歳だった私のおなかのなかには、加藤家二人目の新しい命が宿っていました。なぜ38歳かというと、二人の子どもたちが小学校高学年になり、ある程度手が離れる頃、私が38歳になっている予定だからです。

小学校高学年にもなれば、少しくらいお留守番させても安心だし、料理も含め自分でいろいろできるようになるだろう。私も安心して自分の活動（講座や講演会）ができるだろう、それまでは、収入も労働時間も安定した会社勤めを続けていこう、そう思っていました。

## 親業インストラクターの道、早まる

間もなくして、二人目が生まれ、6カ月後に真心の病気が宣告されたとき、そのプランはガラガラと音を立てて崩壊しました。

「感染症で幼少期に肺炎になり命を落とすことがあるので、外出を控え、集団生活は避けてください」

お医者さまからのこの言葉を聞いて、親業インストラクターどころではなく、働くことすらできないじゃないかと思い、私は自分の将来、これからの人生に黒幕が降ろされたような気がしました。

でも、そんなとき、背中を押してくれたのはふくやまっこ家族でした。前にもお話ししたように、夫婦共働きのご家族に話を伺い、保育園生活の感染症のリスクなども考えたうえで、まずは職場復帰をしてみることにしたのです。

もしかしたら、入院続きで職場に迷惑ばかりかけるかもしれない。もしかしたら、丈夫に何事もなく過ごすかもしれない。やってみて上手くいかないようなら仕事を辞めよう、職場には申し訳ないけれど、ちょっとした賭《か》けでした。

案の定、復帰はしたものの、保育園から頻繁に呼び出し（熱が出たなど）があり、その頃は熱が出ると、もれなくセットで入院となりました。そのため、入院のたびに仕事を休まなければならず、夫も休めるときは休んでもらいながらの綱渡りのような生活となりました。

それに加え、定期的な病院への受診、リハビリなどもあり、仕事との兼ね合いが難しくなり、いつしか私は、会社に属さずに、自分でスケジュールを決めて働く環境をつくれないかな、と考えるようになったのです。

そんなときに思い出したのが、親業インストラクターになるプラン。そういえば、38歳くらいにはインストラクターになろうと考えていたことを。私は自分の置かれた状況を整理してみました。私が38歳の頃、真心は9歳。真心の病気は10歳には筋力が低下すると言われているため、きっと、私が何かを始めるタイミングではなさそうだな。だとしたら、保育園に通える今のほうが動けるのではないか。

それに、将来的に在宅で仕事ができる状態にしたいと考えていたので、親業インストラクターになって、自宅で講座ができたら理想的だと思ったのです。

実際、私自身、「親業」のおかげで子育ての羅針盤ができただけでなく、真心の病気を受け入れることができ、ゆとりとの関わりに自信を持つこともできたのです。

「遅かれ早かれ、〝親業〟をお伝えするインストラクターにはなりたい！」そう強く思うようになりました。

そんなわけで、38歳まではゆったりいこう、とのんびり構えていた私は、突如何かに突き動かされたように、動き始めました。

まず、インストラクター養成講座を受けるために必要な条件を調べると、いくつか講座を受講する必要があることがわかりました。ひとつの講座が数カ月かかるものなので、条件を満たすまでに1年ちょっとかかります。私はさっそくインストラクター養成講座のために必要な講座を着々と受講し、いよいよインストラクターになるための養成講座を受けることに。

朝から晩まで8日間みっちり内容が詰まった養成講座を受けるにあたり、仕事を休む必要があるほか、子どもたちをお願いする必要があったので家族の協力も必須でした。養成講座中、もし、真心が入院することになったらあきらめよう、そう覚悟して挑んだ8日間。準備と復習に追われ、ほとんど寝ずに過ごし、できない自分にひどく落ち込んだこともありました。

途中、真心ではなく、ゆとりが高熱を出したのは想定外でしたが、家族の協力のもと、なんとか無事、資格をいただくことができたのです。

「インストラクターになりたい！」と思ってから2年後の、30歳のときでした。真心の病気がわかり絶望して、そこから前向きに自分の人生を考えるようになり、やりたいことが見えてから無我夢中で動いて、あっという間の2年間でもありました。

インストラクター資格を取得後、私は10年間勤めた会社を退職し、親業インストラクターとしての活動をスタートしました。まだまだ未熟なインストラクターですが、自宅や出張先で講座を開講したり、講演会にてお話をさせていただくなど、本業である母親業をするかたわら、子育て中の方たちをメインに「親業」をお伝えしています。
正直、会社員の頃に比べ収入は不安定です（笑）。しかし、時間も自分次第、そしてインストラクターとして活動するにあたり、私自身が「親業」を実践していく意識が高まるため、子どもとより向き合うようになり、親子関係が温かいものになりました。家族だけでなく周りの方々とも良い関係が築け、心は豊かになった気がします。

## 子どもには子どもの人生がある！

「親業」の講座のなかで、こんな詩を紹介しています。

あなたの子どもは、あなたの子どもではない
待ちこがれた生そのものの息子であり、娘である

あなたを経て来たが、あなたから来たのではない
あなたとともにいるが、あなたに属してはいない
あなたは愛情を与えても、考えを与えてはならない
なぜなら、彼らには彼らの考えがあるから……
あなたが彼らのようになる努力はしたとしても、
彼らをあなたのようにする事を求めてはならない
なぜなら、生は後戻りしないし、
昨日のままにとどまりもしないのだから

『親業』（トマス・ゴードン著、近藤千恵訳／大和書房）Ｐ２６８より引用

これは、レバノン生まれのカリル・ギブランという詩人の詩です。私は、「親業」の講座とこの詩を通して、子どもには子どもの人生がある。親にも親の人生がある。親と子という関係のなかで、一人の人として尊重していきたい、そう強く思っていました。

あなたの子どもは、あなたの子どもではない
あなたを経て来たが、あなたから来たのではない

病気を宣告された当時、「あなたの子どもは治療法のない難病で、立つことも歩くこともできない障がい者です。一生人の助けを必要とします」と言われたときに、私は重い十字架を背負ったような気持ちになりました。この子の人生、私が一生をかけて、守らなければと。

そのとき、私は29歳でした。今までの人生を振り返ってみると、決して裕福な家庭ではないけれど、私が社会でちゃんと生きていけるように両親がしつけてくれて、節約しながらがんばって働いてくれたおかげで、小中高（しかも私立高校）、専門学校に1年通った挙句、中退してカナダ留学を2年もさせてもらいました。両親、家族、友人や出会った方々のおかげで、衣食住も何不自由なく育ってきました。

そのときどきでそれなりに悩みはあったけれど、一番落ち込んだ出来事といえば、17歳のときの大失恋くらい。そんな平和な自分の人生を振り返り、こう思ったのです。

「私は今までの時間、思う存分自分のために使ってきた。これからはこの子のために一分一秒捧げていかなければ」

でも、正直言うと、胸がザワザワしていました。

「この子のために一分一秒捧げたい！」のではなく、「捧げなければ……」という感じだったからかもしれません。どこか罪悪感というか、そうしなければいけないのではないか、そんな気持ちだったのです。

わが子に障がいがあるのだから、生きていくうえで必要な介助はすべて生んだ私がやるべきだろう。しかも進行性の病気。早い段階で介護も必要だから、母親である私が自分のことよりも優先して看《み》るべきだろう。健常の子よりもきっと大変だろうから、母親である私が周りに迷惑をかけないようにちゃんと育てるべきだろう。

私のなかの勝手な「〜するべき、〜なければ」という固定概念がそう思わせていたのです。今思えば、妖怪「しなけれ婆《ばあ》」に取り憑かれていたのかもしれません！

私の人生をこの子に捧げなけれ婆……

自分のことよりも、子どもを優先しなけれ婆……

ちゃんと育てなけれ婆……

しっくりこなかったのは、自分が「こうしたい！」と自ら前向きに選択したのではなく、周りの目や負い目を感じて「〜しなければ」と思っていたことでした。そんなとき、またあの詩のフレーズが頭をよぎるのです。

**あなたの子どもは、あなたの子どもではない**
**あなたを経て来たが、あなたから来たのではない**

そうだ！　子どもには子どもの人生がある。親にも親の人生がある。親子とはいえ、お互いの人生を尊重していきたい、そう思っていたじゃないか！

このことを思い出してから、私は「自分の人生を真心に捧げる」という考えを却下しました。「自分を犠牲にするのではなく、自分の人生のハンドルは自分が握ったうえで子どもの人生をサポートする」という姿勢のほうが、私にはしっくりくる、そう思ったのです。それまでは、真心に私の人生のハンドルを譲っていたのだと思います

（真心からすれば半強制的に握らされていたのでしょう）。一度黒幕を降ろした私の人生でしたが、また新たに「人生でやりたいこと」を考える機会になりました。

## 10年後のやりたいことリスト

子どもは大きくなれば手が離れて楽になる、とよく聞くけれど、真心の病気を考えると、その逆で、5年後10年後を想像するのがやっと。

2歳を過ぎてせっかく自分で食べられるようになったのに、小学校に上がると筋力のピークが過ぎ、徐々に肩が上がらなくなって自分で食べることが難しくなるらしい。やっとおすわりができるようになったのに、10歳過ぎには筋力低下で座位がとれなくなるらしいし、どんどん介助が必要になってくるらしい。

15歳過ぎには唾液を飲み込むのも危険になるため、早いうちから人工呼吸器が必要になり、気管切開の必要も場合によっては出てくるらしい。

お口から食べるのも危険になると、胃に穴をあけて直接栄養を送る胃瘻《いろう》という措置も必要になるらしい。どんどん寝たきりに近くなっていくらしい。

先々のことを考えると、とてもとても自分のやりたいことなんて考えられませんでした。

でも、そんなときでさえ、「今、この瞬間」に目を向けると、大切なことに気づかされます。「今、この瞬間」私の目に映る真心は元気にしているのです。

そこで、まだ起きぬ未来のことはさて置いて、自分の人生でやりたいことをいったん考えてみることにしました。

ちょうどその頃、親業上級講座のなかで、「10年後のライフプランを書く」というワークがあり、そこで「やりたいこと」をリストアップすることになりました。インストラクター養成講座を受ける前のことです。

最初は躊躇《ちゅうちょ》してペンが進みませんでした。しかし、母親という役割の自分、妻という役割の自分、障がい児の母という役割の自分……すべて自分の一部だけど、一度役割にとらわれない、フラットな自分になって考えてみたのです。

シンプルに、何もない状態にして書き始めたらやりたいことや夢がどんどん出てきました。

①親業インストラクターになる

②親業インストラクターになって、講座・講演会をする

③「親業」などに関する本を書く

④家族が笑顔になる家を建てる（木のお家！）

⑤フランスに行く

⑥家族で年に一度は旅行をする

⑦世界一周旅行をする

真心の病気を念頭に置くと、鉛筆がまったく動かなかったのに、病気のことを忘れてみたら、頭の片隅に追いやっていた「やりたいこと」がたくさん蘇《よみがえ》ってきて、懐かしいワクワクした気分になりました。

もちろん、「病気抜き」で考えられるのは紙面上だけで、現実は違います。けれども、一度リストをつくった私は、何かがパァーッと開けた気分になりました。

私は妻であり、二児の母であり、障がい児の母でもあります。けれど、自分の気持ちにウソをついて、誰かのために自分の人生を捧げることはしたくない。自分のやりたいこと、人生悔いがないように生きながら、子どもたち家族のサポートをすることもできるのではないか、そう考え始めました。

反対に、もし私が、「障がいがある真心、あなたのために自分のやりたいことを我慢して生きているのよ！」と、口には出さなくとも心のどこかでそう思いながら生きている母親だとしたら、果たして真心の目に私はどう映るのか。実際答えはわからないけれど、「重い……」そう感じるだろうな（真心はお話をしないからね）と、思いました。

そんな人生、心から笑顔で過ごせない。きっと、真心はもちろん、ゆとりや夫、大切な人たちと健全な関係を築けない。

日本メンタルヘルス協会で受講した際、衛藤信之先生がアメリカ先住民の教えについてこんな話をしてくれました。

「あなたが生まれたとき、周りの人は笑ってあなたは泣いていたでしょう。あなたが死ぬときは、あなたが笑って周りが泣くような人生を送りなさい」

とても心に響きました。そして、その言葉は私の人生のゴールになりました。起きる事柄は変えられなくても、そのあとどうするか、「幸せに生きる」か「不幸に生きる」かの選択肢は常に残っていて、それを決めるのはほかの誰でもない、自分自身なのだと、感じたのです。

「幸せな人生にしたい」

そう心から思いました。そして、笑って最期《さいご》のときを迎えられるように、どんなときも「幸せに生きる」選択をしていきたい、そう心に決めました。

日本メンタルヘルス協会の修了式で、シャンパンタワーの法則（一番上のグラスが自分。自分が満たされないと、周りを満たすことができない、ということを例えた法則）を聞いたときは、「なるほど～」と頭では理解していたつもりでしたが、初めてその意味がストンと腑に落ちた気がしました。

## おまけ

この本を書くにあたり、「10年後のライフプラン」を書いたノートを見返してみたら、なんと、「世界一周旅行をする」以外は実現していました！

無理だと思っていても、一度、頭に「やりたい！」と指示すると、思考は「やる！」方向に動いていくのだと実感しました。そこで、新たに「やりたいこと」として、今回リストをつくってみました。

①キャンピングカーで日本中を旅する
②私が留学先で暮らしたバンクーバーに家族で行く
③新婚旅行先のバリに家族で行く
④海外の障がい児がいる家族と交流する場をつくる
⑤福山雅治さんにふくやまっこの応援ソングをお願いする(名前が同じというご縁で)
⑥「えがおのローソク」が全国で上映されて、家族で各地を訪れ、真心のお友だちを

1万人つくる

さて、数年後にどれくらい実現しているかワクワクです♪

## 夫、大学院生になる！

夫は家を買うタイミングで会社を辞め、1年間だけ大学院生になりました。会社を辞めるのに家買ったの？　そう驚く方も少なくないと思います。誰よりも、夫が「会社を辞めるのに家を買いたくない」と思っていました。結局、私の気迫に負けて買うことにしたけれど（笑）。もちろん、気迫だけでなく、貯蓄で、1年間の大学院生活&ローン返済が問題なくできると判断したからというのが一番の理由です。

夫が大学院に行きたい、と準備をし始めたのは真心を妊娠した頃。きっかけは、勤めていた会社の経営陣が組織変更により退任したことです。今までチャレンジングな仕事ばかりで日々自身の成長を感じ、充実していたように思えていたのが、一転、仕事が変わり、楽しさを感じられなくなったとき、ふと気づいたそうです。

今までの楽しさは自分の力で得たものではなく、与えられたものである。これからは、自分の力で仕事を選べるようになりたい。そう思い立ち、アメリカへMBA（経営学）留学をしたいと考え勉強を始めました。

私は、彼の向上心や勉強する姿勢を尊敬していました。私も同じくやりたいこと（親業インストラクター）を見つけた頃だったので、とても共感しやすかったのかもしれません。ただ、アメリカへ留学、という点は資金面、そして一緒について行くことを考えると、どこかスッキリしないでいました。

それでも、夫は黙々と準備を進め、留学の条件に必要なTOEFLの点数やそのほかのテストの点数をとるために、朝早く起きて英語の勉強をして、夜は仕事を終えてからカフェで勉強をして帰る日々を過ごしていました。

ところが、真心の病気の宣告とともに絶望を感じ、将来など何も考えられなくなった夫。びっくりするくらい呑気《のんき》な夫も、「何かを始めよう！」と心が落ち着くまでに

1年くらいかかったそうです。

幸い、周りの協力や時間が癒してくれたことで、もう一度、MBA取得にチャレンジしようと思えるようになったけれど、家族のこと、資金面を考えるとアメリカ留学はあきらめるという決断をしました。

そんななか、英語でグローバルな環境でMBAプログラムを国内で学べる大学院を見つけ、受験することに。2012年のお正月から再び勉強を始めたのです。

不合格だったら会社も辞めず、新築の家購入計画続行の予定だったので、私のなかの悪魔が「落ちたら新築だ！」と落ちることを一瞬でも願ったことがありました(笑)。しかし、毎日がんばって勉強する夫の姿を見ていたので、希望の大学院でMBAを学ぶことが本当に彼がやりたいことなのだ、ということを痛感していました。

私が最期に笑って成仏したいと願うように、大好きな夫にも悔いなく最期に笑って成仏してほしい、そう思っていたのです。

2013年春、いざ、合格発表の日。

友人とカフェにいた私のもとに、夫からLINEで「合格した！」とメッセージが届きました。その瞬間、ツーッと温かい涙が私の頬を流れました。「落ちれば新築」と考えていた自分を負い目に感じていた私は、素直に「よかった！」と喜べた自分に安心したのかもしれません。

## 家族を顧みなくなった夫

夫は会社を辞め、２０１３年8月から1年間限定の大学院生活をスタートさせました。そんななか、中古の家のリフォームも始まり、家の間取りから壁紙の色など細かい打ち合わせなどが行われました。しかし、勉強で死ぬほど忙しい夫はほとんど行けず、私が張り切って進めていました。

リフォームが完成し、いよいよお引っ越しの日。毎日遅くまで勉強して寝に帰るだけの夫は引っ越し作業の戦力にならず、荷造りはほぼ私、夫は引っ越し業者さんが朝一できたのに立ち合い、新居に段ボールを運ぶのを見届けたあと、課題に追われているからと外へ勉強しに行ってしまいました。

引っ越しもすべて丸投げ状態！　それでも、夢のマイホームにやっと住める喜びでいっぱいだった私は、早く子どもたちが暮らせる環境をつくろうと、必死に一人で荷ほどきを進め、新しい生活をなんとか始めることとなったのです。

２０１４年８月末に大学院を卒業するまでの１年間、正直、夫婦仲は夫婦生活史上最悪でした。なぜなら、夫が忙しすぎて家族を顧みる時間がなかったからです。

大学院生活を始める前に、夫と約束したことがありました。

「家族で過ごす時間を取ること」

たった１年のプログラムだけど、ゆとりが保育園から小学校に上がる節目の１年でもあり、真心が３～４歳でまだたくさん行動ができる１年でもありました。

私はそのことを伝えたうえで、勉強で大変になるのはわかるけれど、家族にとってもかけがえのない、でもあっという間に過ぎ去る１年だということも忘れないでほしいと伝えました。

夫は、「家族は大切。もちろんだよ！」と快諾してくれましたが……。実際に授業が始まると、予想をはるかに上回る課題に追われる日々が待っていました。何をするにも課題が気になり、私と話す時間はもちろん、子どもたちと遊ぶ時間も取らずにひたすら勉強、勉強なのです。夫は心の「ゆとり」と「真心《まごころ》」という文字をどこかに置いてきてしまっていたように見えました。

## 夫の行動が受け入れられない！

初めは「しかたがない、1年のしんぼうだ……」と自分に言い聞かせていましたが、次第に感情を押し殺して過ごしている自分がイヤになり、夫にちゃんと伝えたいと思うようになりました。

何が問題かというと、「夫と話をする時間すらない」のです。朝は早く学校へ出かけ、夜遅くまで勉強をして帰ってくるので、私と子どもたちが起きている時間に家にいません。常に膨大な量の英文を読んでいて、話しかけようとしても、「課題やらなきゃ」と忙しい。それでも話しかけようと試みますが、聞こえないのか聞いていないのか……とにかく夫は勉強に必死、私もそんな夫とどう関わっていけばいいのか、模索するのに必死でした。

そのため、夫がよく口にする「疲れた」という言葉すら受け入れられずにいました。「好きでやっていることでしょ」と思ってしまっていたのです。

「親業」での学びもまったく活かすことができず、夫婦仲は最悪。私は夫のことを初めて「大嫌い！」と感じた時期でもありました。でも、この「大嫌い」と思うことは、とても大切な経験だったと、今では思っています。

以前、ある人にこう聞かれたことがあります。「〝好き〟の反対はなんだと思う？」

私は「〝嫌い〟でしょ」と答えました。

すると、その人はこう言いました。「〝好き〟の反対は、〝無関心〟。〝嫌い〟なうちはまだ相手に関心があるから、〝好き〟も〝嫌い〟も紙一重なんだよ」と。この言葉が夫婦仲が最悪だったこの時期に、私の心のなかにずっとありました。

大嫌いということは、前提として相手への関心があるということ。その奥にある思いはなんだろう？　日々自分に問いかけながら探し続けた結果、夫に対していろいろな〝期待〟があり、それが裏切られたと私が一方的に感じているのだと気づきました。

子どもたちと遊んでほしい。
家族一緒の時間を大切にしてほしい。
目を見て話してほしい。

いろいろな期待が出てきました。と同時に、その奥にあった私の素直な感情も思い出しました。そして、それを率直に夫に伝えてみることにしたのです。

「子どもたちと関わろうとしない姿を見ると、私は悲しい」
「家族一緒にいる時間でも、英文を読んだり、パソコンと向き合ったりしている姿を見ると、約束を忘れられたように感じて私はガッカリする」
「目を見て話をしないと、存在を忘れられたように思えて私は悲しい、寂しい」

すると、夫はハッとした顔で「寂しい思いをさせていたんだね……」と言い、少しの間、教科書を閉じて、家のなかでゆとりと鬼ごっこをしていました。ゆとりは久しぶりにパパが遊んでくれて、大はしゃぎ。真心も追いかけっこをしている二人を見て、大爆笑。私は、久しぶりに家族全員が笑顔で過ごせている空間に幸せを感じて、涙が出るほどうれしかったのです。

## ゆとりは家族のカウンセラー

これを機に、私は夫としっかり向き合いたいと思うようになりました。小さなことでも自分の感情にウソをついていると、どこかで爆発することを経験したからです。家族のなかで唯一、自分と血のつながりのないのが夫。でもその夫は、今では誰よりも私のイヤな顔、最高の顔を知っている。夫というのはなんて不思議な存在なのだろう。夫と縁あって夫婦になった今生は、とことん関係を深めたい！　そう思ったのです。

夫はどちらかというと、平和主義というか、ぶつかることを避けたいので、すぐに

「ごめんね」と言える人です（自分が悪いと思っていなくても）。

なので、夫婦間の言い争いが始まると、すぐに「ごめんね、ケンカはやめよう」と冷静に取り繕いますが、私は納得がいかず、根本的解決にならないから、ちゃんと話し合おうと伝えます。

すると、夫も「ちゃんとぶつかっていく！」と宣言してくれます。

大学院生活の1年間、険悪な雰囲気になることもあったけれど、素直に感情を伝える、座って目を見て話す時間をつくる、そして何よりも子どもたちの存在が夫婦の危機を乗り越えさせてくれたのかなと思います。


あるとき、ゆとりが私と夫に手紙をくれました。

「ママへ、ケンカしちゃってもえがおでね。だいすきだよ。ゆとり」

「パパへ、べんきょうがんばってね。だいすきだよ。ゆとり」

ゆとりは真心へも手紙を書いてくれました。

「まこちゃんへ、いちにちいっかいはないちゃうけど、がんばってね。ゆとり」

あるときは、夫婦ゲンカでお互いツンツンした態度を取っていると、ゆとりが私のところへきて「ママ、話聞くよ」と言ってくれます。私は、「パパがちゃんと話を聞いてくれなくて……」と言い出すと、「ママ、パパがちゃんと話を聞いてくれなくて悲しかったのね」と私の気持ちを汲《く》んでくれて、夫のもとへ行き私の感情を伝えてくれるという、夫婦カウンセラーの役割を担ってくれました。

真心はというと、夫婦が険悪な雰囲気のとき、決まって白目を剝《む》いて〝無〟の状態になります。推測ですが、車椅子を使うまでは、自分で違う部屋に逃げるなど移動できなかったので、その場で〝無〟になる術《すべ》を身につけたのではないかと思います。

そんな怒濤《どとう》の大学院生活でしたが、それは私たち夫婦だけの話ではないことが、卒業パーティーのときに発覚しました。ほかの日本人クラスメイトの奥様と会話をしたときも、同じような状況だったことがわかったのです。

奥様同士であいさつを交わしたとき、「おめでとうございます」よりも先に「本当にお疲れ様でした」と、お互いを労う言葉が出てくる時点で、それぞれの家庭にドラマがあったことが窺えました。

1年間の大学院生活を終えてプログラムを修了し、無事就職先が決まったとき、夫が「1年間好き勝手やらせてくれたから、さくらに恩返しをしたい」と言ってくれ、私のやりたかったことのひとつを叶えるサポートをしてくれました。

それは202ページでお話しした「10年後のライフプラン」であげたリストのなかのひとつ、「フランスへ行く」ことです。

家族全員で行くにはお金も時間もないので、私一人で行くことになりました。「お金は渡せないけど、子どもたちのことはみるから行っておいで」とのことでした(笑)。絶好のチャンスだと思い、私も思い切って1週間のフランス旅行をすると決めたのです。人生初のフランスへ！

夫は出発の直前にお小遣いをくれました。平日、子どもたちのお迎えなどは近くに住む姉、あーちゃんがしてくれました。あーちゃんの協力がなかったら行こうと決心できなかったので、姉には頭が上がりません。

21歳のときに、公用語がフランス語で街並みもヨーロッパの雰囲気漂うカナダのケベック州へ一人旅をして以来フランスが頭から離れず、「いつかフランスへ行こう」と決めていたのですが、12年越しに叶えることができました。

これは、真心の母親になっていなかったら、実行しようと思わなかったかもしれない夢のひとつ。真心に「生きるとは、命とは」の意味を気づかせてもらったからこそ、フランスに行こうと思えたのです。

正解なんてわからないけれど、私にとって「自分の心に正直に生きること」が「生きる」ことだと感じています。障がい児であり、難病がある真心の母親になり、私は大切なことを教わりました。

## 真心の表情は、私の心のバロメーター

真心のように、楽しいときは楽しい、うれしいときはうれしい、悲しいときは悲しいと自分が感じる感情を素直に受け止めて、自分を大切にするようになると、自然と

私自身が笑顔でいる時間が増えていきました。

「笑顔でいなければ！」という肩肘張った感じではなく、笑いたいときは笑えばいい、というスタンスなので、とても心が楽なのです。

そのうち、表情筋をマックスに使った真心のスマイルに影響されたのか、友人たちに「さくらの笑顔って、真心ちゃんにそっくり」と言われるようになりました。真心が私に似てるのでは、ないのですね（笑）。

今現在、私の心がハッピーだと、素直に表情筋が「笑顔」で表現するようになりました（笑顔を通り越して、もはやバカ笑いだねと言われています）。


そんな私も高校生の頃までは恥ずかしがり屋で、自分の顔にコンプレックスだらけの口を手で隠して笑うような女子でした。あの頃の私が今の私を見たら、きっと驚くだろうな～「何があったの!?」って。

笑顔ってとても不思議です。笑顔でいるだけで、楽しいことはもっと楽しく感じ、その場の雰囲気も明るくしてしまう効果があるように感じます。

「笑うこと」が医学的にも効果があるとよく耳にしますが、私自身、笑顔は心を健全にしてくれると実感しています。多少ブルーなことがあっても、「つらいね、悲しいね」と自分自身の感情を受け止めたうえで、鏡の前でニコ～ッと笑顔をつくると何だか前向きな気持ちになれるのです。

今でもふとした瞬間、「真心が見せてくれるくしゃくしゃな笑顔が、いつか見られなくなるかもしれないなんて悲しい」「筋力が低下して、飲み込みがうまくいかなくなって、真心が誤嚥で苦しむ姿を見るときがくるかもしれないなんてつらい」「今は抱き上げると、両腕を私の首の回りにまわして甘えてくれるけれど、肩が上がるのもあと数年。そうなったら、もうこの幸せは味わえないかもしれない」そんな考えが頭をよぎり、どうしようもなく泣けてくるときがあります。

そんなとき、私は我慢せず、素直に出てくる涙を流すようにしています。そのたびに、決して病気を乗り越えたわけではなく、病気を受け入れて病気とともに生きているのだと、と感じます。

私が泣いていると、決まって真心は私の顔をじぃーっと観察してから、お得意の寄り目をしておちゃらけます（笑）。そのたびに、「ママ、そんなブルーにならないで、笑ってよ！」と言われている気がするのです。

目の前で真心に見事な寄り目をされると、私もさすがに気が抜けて、泣いている自分がバカバカしくなり、結果、笑ってしまいます。そして、笑っている私を見た真心も笑います。

真心は私の心のバロメーターなのかもしれません。

たとえば、私が不機嫌でイライラしていると、先ほどもお話ししたように、真心は白目を剝いて「私はここにはいません」というように〝無〟の状態になることがあります。そんな真心の表情でハッと我に返るのです。

なんだか、真心に励まされ笑顔にさせてもらうことが多いのです。本人は励ましているつもりはないかもしれないけれど、やっぱり私が笑っているときは、真心もリラックスしてニコニコしています。その姿を見ると、私が笑顔でいることは真心にも、そしてゆとりにもいい影響があるのだと思います。

笑っている状態、笑顔の状態でいるとき、顔は自然と上を向き、体中の緊張感が放出される感覚になります。

真心はどんどん筋肉が硬くなっていく病気です。笑顔、笑う状態とは真逆な、筋肉が硬く、動かなくなる病気。真心が表情筋をマックスに使って笑顔を見せたり、ユーモアたっぷりで人を笑わせ真心自身も笑ったりしているのは、実は病気に対する優しい抵抗なのかもしれないなぁ、と最近ふと思いました。

現時点（２０１５年7月現在）で福山型の治療薬はまだ確立されていないけれど、病気の進行を緩和させるのに、「笑顔」が有効かもしれないと勝手に思いながら、私自身、より笑顔でいたいと思うのです。

## すべては善きことのために

まだまだ、真心の病気を乗り越えたわけではありません。〝乗り越えた〟というよりは〝受け入れ始めた〟という感じです。

生きているなかでやってくる多くの試練は、コントロールできない予測不能なこともあるけれど、どんなことがあっても、「幸せに生きる」か「不幸に生きる」か、今、この瞬間をどう過ごすかの選択肢は、常に自分に残されているのだと思います。

私はこれから先、どんなつらいことがあっても「幸せに生きる」と決めました。だから、幸せになるための選択をし続けるのみです。そのときは、自分だけで乗り越えようとせず、周りの人に「助けて～」と大声でヘルプを出せる自分でいたいのです。


人は、つらいことが起きると、変えようがない事実や過去の出来事を否定しようと必死になることを、自らの体験で経験しました。真心が病気であるはずがない、病気が治らないわけがない……私も必死に否定していました。

でも、「真心は病気で、治療法が今のところない」ということを事実だと認めることができてから、「じゃあ、どうしようか」と次に進めた経験もしました。

もがき苦しむ時期も私には必要だったと思います。その経験があることで、誰かが悩み苦しんでいるときにあれこれ言うよりも、その人の悩みを受容して心に寄り添うほうが心地いい場合があることを知りました。

私は、自分のタイミングで前を向けたように、人それぞれのタイミングがあるのだと思います。時間が癒してくれるかもしれません。誰かのひと言、誰かの存在など、人が癒してくれるかもしれません。もしかすると、空や緑、海、宇宙など自然が癒してくれるかもしれません。

## 幸せと笑顔はセットでついてくる

私が幸せだと感じるとき。それは、家族でケラケラ笑い合ったり、ニコニコしているとき。週末の朝、のんびりお布団でゴロゴロしながら、みんなで笑顔でいるとき。お風呂のなかで誰かがおならをして、ブクブク泡が出てきたのを子どもたちと見て笑い合っているとき。夫や子どもたちとハグをして、一緒に温《ぬく》もりを分かち合うとき。

毎朝目覚めるたびに、〝今日も家族そろって元気に目覚めることができました。ありがとうございます〟と心のなかでつぶやき、夜寝るときは、〝愛しているよ。おやすみ〟と子どもたちにキスをして、一日を無事に終えられることに感謝しながら眠りにつきます。

幸せってなんだろう……。

つらい、悲しい、不幸だと感じるときに〝幸せ〟について考えると、自分とはほど遠いキラキラした別世界のことのように思えます。でも、素直に「幸せだなぁ〜」と感じることって、日々のなかのなんでもないことだったりするのかもしれません。

私はひとつだけ、確信していることがあります。それは、「幸せだ」と思うときに必ずあるのが〝笑顔〟。幸せと笑顔はセットなのですね。

私が19歳の頃に出あい、座右の銘として心に刻み込まれている言葉があります。

When you smile, the world will smile back at you.
（あなたが笑えば、周りに笑顔があふれ出す）

カナダ留学時に、初めてできたカナダ人のお友だちが、ホームシックになっていた私にくれた言葉です。英語が流暢《りゅうちょう》に話せない私でも、「Hello!」と元気よく笑顔で挨拶をすると、カナダの人たちは笑顔で返してくれました。私に元気がないとき、ビッグスマイルで「Hello! How are you doing?」と挨拶をされると、その笑顔につられて思わず「Good!」と、元気がないことを忘れて答えてしまうこともありました。なんだか明るい気持ちになれたのです。

そんな経験から、職場でも、同僚、クライアントなどに毎朝笑顔で元気よく挨拶することを心がけていました。たとえ、真心が入院中で病院から出勤し、寝不足でつらくても（笑）。周りのためというより、私が笑顔でいると、その分笑顔が返ってきて、結果たくさんの笑顔を見た私が元気になれるのです。笑顔って循環するのですね。

ときが経ってから、53ページで紹介したエドナ・マシュミラ作の「天国の特別な子ども」をもう一度読み返してみました。

【天国の特別な子ども】

会議が開かれました。

地球からはるか遠くで

〝また次の赤ちゃんの誕生の時間ですよ〟
天においでになる神様に向かって　天使たちは言いました。
〝この子は特別の赤ちゃんで　たくさんの愛情が必要でしょう。
この子の成長は　とてもゆっくりに見えるかもしれません。
もしかして　一人前になれないかもしれません。
だから　この子は下界で出会う人々に
とくに気をつけてもらわなければならないのです。
もしかして　この子の思うことは
なかなかわかってもらえないかもしれません。
何をやっても　うまくいかないかもしれません。
ですから私たちは　この子がどこに生まれるか
注意深く選ばなければならないのです。
この子の生涯が　しあわせなものとなるように
どうぞ神様　この子のためにすばらしい両親をさがしてあげてください。
神様のために特別な任務をひきうけてくれるような両親を。

その二人は　すぐには気づかないかもしれません。
彼ら二人が自分たちに求められている特別な役割を。
けれども　天から授けられたこの子によって
ますます強い信仰を　より豊かな愛を抱くようになることでしょう。
やがて二人は　自分たちに与えられた特別の
神の思召《おぼしめ》しをさとるようになるでしょう。
神からおくられたこの子を育てることによって。
柔和でおだやかな二人の尊い授かりものこそ
天から授かった特別な子どもなのです〟

改めてこの詩を読み、以前と違う解釈をしている自分に気づきました。以前は、障がいのある子どもの親はその子に適した素晴らしい人間でなければならない、そんなふうに言われている感じがしていたのですが、今は違います。

障がい、病気のある子どもを育てるなかで、私はたくさんの経験をさせてもらっています。いろいろな感情も味わっています。「生と死」を深く考えることにより、「今、この瞬間」を大切に、死ぬときに「幸せな人生だったな」と思えるように生きようと、本気で思えるようになりました。一緒に生活をしているなかで、たくさんの気づきがあり、どれも人生を豊かにしてくれているのです。

詩のなかに、「その二人はすぐには気づかないかもしれません　彼ら二人が自分たちに求められている特別な役割を」と書かれてあります。

「うわっ！」と思いました。そう、病気がわかったときには気がつきませんでした。でも、一緒に過ごす日々のなかで、私の役割に気づかせてもらったのです。

真心の病気を通して、気づいた私の役割、夫婦の役割……。それは、大切な人、子どもたちの笑顔を守ること。

自分の心に正直で、心からの笑顔で生きる真心から教えてもらいました。

〝真心〟という名前を命名したときに込めたメッセージがこんな形で自分たちに返ってきたのです。生まれて初めてのギフト（命名）を真心に贈ったつもりが、いつの間にか人生の大切なメッセージとして、私たちへのギフトになっていました。

真心の病気〝福山型先天性筋ジストロフィー〟は、筋肉が硬くなっていく病気で、笑顔をつくる表情筋も使えなくなってしまう病気です。酷な病気ではありますが、私は〝笑顔〟について考える機会をもらいました。

筋ジストロフィーの方々と出会う機会が増え、〝笑顔〟は顔だけではないことに気づきました。瞳でも、雰囲気でも、〝笑顔〟は表現できるのですね。

「死ぬときは笑顔で死にたい」と思っていた私ですが、つくり笑いではない、心が笑顔の状態で最期を迎えられるよう、日々自分の心に素直に、そして幸せだなぁ〜と感じるときはその瞬間を味わいながら生きていきたい、そう改めて思ったのです。

# 心から笑顔でいるための加藤家６つのルール

真心が生後６カ月のときに病気を宣告されてからしばらくは冷静になることができなかった私ですが、それでも病気を受け止め前を向いて歩く土台となったのは、心理学や「親業」です。

また、どうしても心身ともに病気の真心に向きがちだけれども、長女ゆとりに対する愛は変わらないということに気づかされました。ゆとりに愛情を伝えるための具体的なコミュニケーション法として、さらには、夫、両親、姉妹、友だち、保育園、学校の先生など、人生で関わるすべての方との間でも、それは役立っています。

ここでは、心から笑顔で過ごすために私が心がけてきた６つの心理学の手法や「親業」での学びについて、ご紹介します（ルール①〜④はトマス・ゴードン博士が考案したプログラム内容の一部です）。ここにあげた手法は、学びのほんの一部ですが、あなたの人生を幸せに導くきっかけとなってくれればうれしいです。

ルール1

# 悩みは抱えたその人が解決できる、と信じる

生きていると、「ツラいな～」「ヤダな～」という気持ちになることってありますよね。そんなとき、「素直に弱音を吐ける場所があるって大切だな～」と思うのです。そこが、「家庭だったらいいいな～」とも思うのです。

ですから、家族の誰かが悩みを抱えたときは、その人の人生に降りかかった問題として考え、心の底から「あなたなら乗り越えられる！」と信じ、つらい気持ちを聴くことに徹するよう心がけています。

この心がけは、46ページにあるように、父がただただ黙って私の話を聞いてくれた経験が大きく影響しています。

以前の私は、悩んでいる人から相談されるとついつい、「こうしたらいいいんじゃない？」とアドバイスをしたり、「なんでそうなったの？　あなたが○○だからじゃない？」と事情を探り、勝手に決めつけたりしがちでした。

しかし、真心の病気の宣告を受けた直後、絶望のなかにいた私が父と話したとき、父は沈黙や「うん、うん」「そうか……」など共感しながら黙って聞いてくれたのです。そのときに、黙って聞いてもらうだけでも、心が救われ、思考を前に進めるサポートをしてもらえた、と体感したのです。父はいつでも「娘の問題は娘自身が解決できる」と信じてくれていたのですね。

そんな父を見習い、私も、子どもや夫に降りかかった問題は彼らが解決できる！と信じ、耳を傾けたいと思います。

※「親業」の講座内では、「受動的な聞き方」としてさらに学びを深めることができます。

## ルール２ 相手の心に寄り添う

家族の表情、態度、身振り、言葉などがいつもと違うなと感じるとき、たとえば、長女ゆとりの場合でいうと、「ママに甘えたい充電」が足りなくなると、表情が暗い、動作が止まる、足音をドンドン立てて歩く、「まこちゃん大嫌い！」「一人っ子がいい！」など普段言わない尖《とが》った発言が出てくることがあります。そんなときは「あっ、SOSのサインが出ているかも！」と思い、心に寄り添うことにしています。

ゆとりが6歳、真心が4歳の頃、いつものように、ゆとりに背を向けて寝転がり、真心のほうを向いてトントンしながら真心を寝かしつけていたら、先にお布団にもぐりこんでいたゆとりが「まこちゃんなんて、いなければいいのに……」と言いました。このひと言を聞いて、びっくりしたのと同時にショックを受けましたが、振り向くとゆとりの背中が寂しそうだったのです。私は、いつもは使わない尖ったゆとりの言葉に〝SOSのサイン〟を感じ、ゆとりの心のなかはどんな気持ちなのかな～と確認してみました。

私「ゆとちゃん、ママがまこちゃんばかり抱っこしているから寂しかったのかな？」

ゆとり「ママ、いつもこっち向いてくれない」

私「ママがまこちゃんを寝かしつけるとき、ゆとちゃんに背中を向けているのが寂しいんだね」

ゆとり「うん、ゆとちゃんもママがいい……」
私「ゆとちゃんもママがいいのね」
ゆとり「うん、ママにこっち向いてほしい。でも、まこちゃん泣いているとうるさくて寝れないから、まこちゃん寝てからでいいよ」
私「まこちゃん寝てから、ゆとちゃんのほうを向いてギュ～～ッてするからね」
ゆとり「うん♡」

とげとげしい言葉だけに着目すると、どうしても「言葉のトラップ（罠）」にかかってしまいがちです。しかし、相手の表情、態度や身振りなどといった〝非言語〟にも意識を向け、どんな気持ちなのかを確認してみると、実は、言葉そのままの意味を伝えたかったわけではないことに気がつくこともあります。

本書にもあるように、真心の入院の付き添いで長い間ゆとりと会えず、久しぶりに再会したとき（68ページ）も、ゆとりの心に寄り添って気持ちを確認することで、本心を知ることができました。

また、3章で登場する佳子さんは、私の心に寄り添った聞き方をしてくれました。私は安心して心配や不安、絶望などの感情を内から外に解放することができ、少しずつ気持ちが整理されていくのを体感しました。心のなかに〝ゆとり〟ができ、どうしたらよいかを考える余裕もできたのです。

何よりも、心に寄り添ってくれる人がいる……それだけで温かい気持ちになり心強さを感じます。子どもたちや夫にもそう感じてほしいので、SOSのサインを見逃さないように、向き合うよう心がけています。

※「親業」の講座内では「能動的な聞き方」としてさらに学びを深めることができます。

## ルール3 色眼鏡をかけず、相手の行動を見る

209ページにもありますが、夫が会社を辞めて大学院生になった1年間、夫婦仲は史上最悪でした。夫は勉強ばかり、家族との時間を取らず、家族と目も合わさない、子どもたちとも遊ばない。夫からしたら、必死に勉強をしていただけで、目を合わせ

る時間も、子どもたちと遊ぶ時間もなかっただけなのですが……。

最初、私は「夫ががんばっているのだから、良妻として支えなければ。それに大学院へ行く道を応援すると言ってしまったし……」と少し気張って努めていたように思います。しかし、所詮取り繕った「良妻の仮面」(笑)。〝私自身〟がどう感じるかを無視していたため、知らず知らずのうちにイライラが募ってしまったのです。

ついには、夫に「自分勝手で自己中心的な人」というレッテルを貼り、夫に対して嫌悪感を抱いてしまいました。しかし、そんな私を初心に戻してくれたのが「親業」での学びでした。色眼鏡や思い込みで相手を見るのでなく、相手の行動を見て、どう感じるのかを、自分自身に正直に問いかけてみました。

●夫が平日の朝から夜まで勉強していることに関して、どう感じる?

↓それはOK(イヤじゃない)

●じゃあ、お休みの日に終日外に勉強をしに行くのはどう?

↓それはイヤだな~(イヤ)

●食事中にパソコンを見るのは?

↓やめてほしい！（イヤ）
●子どもたちが就寝したあとにパソコンや本を読むのは？
↓それはOK（イヤじゃない）
●会話をするとき、私の目ではなく本を見て話すのは？
↓ホントやめてほしい！（イヤ）

こんな感じで、夫の行動に対して、自分がどう感じるかをシンプルに〝イヤ〟か〝イヤじゃない〟かに分けました。イヤだと感じる行動が明確にわかったら、あとはイヤだと思わなくてもいいように夫にアプローチすればいいだけです！（そのアプローチ法は、ルール4でご説明します）。

夫に対して「自分勝手で自己中心的な人！」とレッテルを貼っていたときは、夫のすべてが〝イヤ〟だと感じ、一人でイライラして、何も解決することができませんでした。しかし、色眼鏡をかけず、相手の行動ひとつひとつに対する感じ方に着目すると、何を解決すればよいか糸口が見えてきたのです。

シンプルに相手の行動をイヤと感じるか、イヤじゃないと感じるか、ただそれだけなのですが、ときに「良い妻でありたいから、夫のすることに対してイヤだと感じてはいけないのではないか……」「素敵なお母さんでいたいから、子どものすることに対してイヤだと感じてはいけないのではないか……」と自分のなかにわき出た感情を素直に認められないことがあります。でも、感情って自然にわくもので、コントロールできないですよね。

その点、小さい子どもたちは、とても上手に「イヤ」「イヤじゃない」を率直に感じそのまま表現しています。心のなかで感じたこと、外で表現していることが同じで、今この瞬間を精いっぱい人間らしく生きているなぁ～と感心します。私は子どもたちを見習って、しっかり自分の感情に素直に生きたいと思います。

ただし、イヤと感じたときに、子どものように「イヤだ！」と言うのは大人の対応ではないですよね（笑）。そこで、ルール4が登場です！

※「親業」の講座内では「行動の四角形」というツールを使い、さらに学びを深めることができます。

ルール4

## 本心＆「わたし」を表現する

先ほどの夫の〝イヤだな〜〟と思う行動に対して、一体「わたし」は何に困って、どう感じているか、率直な本心を夫に伝えてみました。

「家族一緒にいる時間に、英文を読んだり、パソコンと向き合っていると、〝家族との時間も大切にする〟っていう約束を忘れられたように思えて、ガッカリするよ」

「私が話しかけるとき、目ではなく本を見ていると、存在を忘れられたように思えて、悲しいし、寂しいな」

その後の反応は2１3ページでも書いたとおりです。夫は私の気持ちに気づいてくれて、そのうえで、予想以上に勉強が大変で本当に必死なんだ、という本心を正直に伝えてくれました。

以前は、「子どもたちと遊んでよ！」「ねぇ、聞いてるの？　ちゃんと目を見て話してよ！」などとツンツンした言葉を投げつけ、お互いイライラしながら過ごしていましたが、私の率直な気持ちを伝えることで、「遊んでよ！」と言わなくても、夫なりに工夫し、時間をつくって子どもたちと鬼ごっこをする時間を取ってくれるようになりました。久しぶりに家中が笑いで包まれたことが本当にうれしくて、さらにこう伝えました。

「悠太（夫）が子どもたちと遊んでいると、家族みんなが笑顔になって家中が明るくなって、本当にうれしい♡」

本心＆「わたし」で表現する方法は、悲しい＆つらい気持ちだけでなく、こんなふうに、うれしい、楽しい、感謝の気持ちを表現するのにも使えます。そして、伝えたときのなんとも温かく、心が通う感覚が、大好きです。

ただ、未熟者の私は、夫に対してはかなり意識をしないと自然には出てこないのですが（笑）、子どもたちにはどんどん伝えるようにしています。そこで、私が普段家族に伝えているうれしい、楽しい、感謝の気持ちを大公開します。

●朝、ゴミ捨てをしてくれる夫へ
「朝ゴミを捨てに行ってくれると、朝の私の仕事が減って、ほかのことができるから、本当に助かるな～♡」

●いつもは寝起きが悪いけど、たまに笑顔で起きてくるゆとりへ
「ゆとちゃんが朝、おはよう！　って元気よく起きてくると、ママも元気になって一日のスタートがとても気持ちよくなるよ♡」

●ご飯をよく食べる真心へ
「まこちゃんがママの料理をたくさん食べると、ママ、またお料理がんばってつくろう、って思えてうれしいな♡」

・

私が大好きで尊敬する親業訓練インストラクターの松本純さんの著書『わが子と心が通うとき』（アートデイズ）に「どんなに愛情があっても、子どもとコミュニケーションがきちんととれていなくて、愛情が伝わっていなければ、その愛情はなかったのと同じになってしまう」と書かれています。せっかくの愛情が伝わらないなんてもったいないですよね！

だから私は、心の架け橋が築けるように心がけています。心が通い合えば、人間関係が温かく豊かなものになり、その豊かさが人生の宝になるはずですから。

※「親業」の講座内では「わたしメッセージ」として学びを深めることができます。

## ルール5 〝受け止め方〟を意識していい結果につなげる

どこかスッキリしない感情を聞いてもらいたいと、カウンセラーの方に話をしたとき（ーーーページ）、カウンセラーの方が思い出させてくれたのが、ABC理論でした。「出来事↓考え方↓結果」のように、人の悩みは、出来事そのものよりも、その出来事をどう受け取るか（考え方）によって結果が変わることを教えてくれる理論です。

当時は、真心の病気を宣告されてから日も浅く、病気をポジティブにとらえることがなかなかできなかったのですが、病気宣告から4年経った今、□のなかにはたくさんの考え方が入ります。

●真心が病気である↓今まで出会えないような人たちとつながる、友だちが増える↓豊かな気持ちになる
●真心が病気である↓世のなかの難病、障がいを知る機会が増えた↓視野が広まり、当たり前が当たり前ではないことに気づいた、日々の幸せを感じる
●真心が病気である↓「助けてください」「ありがとう」を素直に言えるようになった↓人の温かさに触れられてうれしい
●真心が病気である↓死を深く考えるようになった↓日々、生きていることに感謝できるようになった
●真心が病気である↓家族の絆が深まる↓家族の大切さをより感じる

そう、私は真心との生活を通して、たくさんの方に出会い、たくさんの方に助けていただき、たくさんの幸せを感じて、私の人生が豊かになるのを感じています。

出来事が「幸せ」を決定するのではないのです。受け止め方次第で、変えることができるのです。どう受け止めるのかは自分次第です。だとしたら、どんな出来事に対しても私は「幸せ」になる受け止め方をしていきたいと思いました。

真心は、「不幸」になるために生まれたわけではなく、「幸せ」になるために生まれたのだとしたら、母親である私が「幸せ」でないと報われないですものね。

## ルール6 今、この瞬間を大切にする

私が悶々としたときに悩みを整理するとっても簡単な方法です。悩んだときに、その悩み事を過去に対してのもの、今のもの、未来に対してのもの、3つに振りわけて、紙に書くだけです（246ページ）。

やってみると意外と、「今」悩む必要があるものって少ないことがわかります。「今」悩む必要があるときって、レストランでメニューを決めるときくらいかな（笑）。

これをおこなうことで、意識を「今、この瞬間」に取り戻すことができ、目の前にある時間をどう過ごすか考えることができるようになります。過去は戻れない、変えられない、未来はまだこない、確実にあるのは「今、この瞬間」。「今、この瞬間」をどう過ごすかが未来に影響するとしたら……。どう過ごすかはあなた次第なのです。

# 悩みを書き出す時間軸シート

この例は、私が真心の病気について悶々と悩んでいたときに、
書き出したものです。
書き出すと、すべての悩みが過去か未来のもので、
「今」悩んでいることがひとつもないことに気づけました。
ぜひ、お試しください！

（例）

| 変えることのできない 過去 | 確実に生きている 今 | まだこない 未来 |
| --- | --- | --- |
| ●真心が病気になったのは、私の食生活がよくなかったから？<br>●妊娠中、あまり話しかけなかったのがいけなかった？<br>●仕事でパソコンを使いすぎたのがよくなかった？ | ？ | ●首がすわらなくなったらどうしよう<br>●寝たきりになったらどうしよう<br>●人工呼吸器をつけるようになったら、どんな生活になるんだろう<br>●死んじゃうなんてイヤだ！ |

**【参考サイト】**

日本メンタルヘルス協会　ＨＰ：　http://www.mental.co.jp/web/

親業訓練協会　ＨＰ：　http://www.oyagyo.or.jp/

**【おすすめの本】**

『上司の心理学』（衛藤信之／ダイヤモンド社）

『つい心がかたくなになったとき読む本』（丸山弥生／すばる舎）

『ゴードン博士の人間関係をよくする本』（トマス・ゴードン／大和書房）

『わが子と心が通うとき』（松本純／アートデイズ）

『ゴードン博士の親になるための16の方法』（瀬川文子／合同出版）

**【参考文献】**

『「よい子」じゃなくていいんだよ』（戸田竜也／新読書社）

「ワークショップ」などを開催しています。
ＨＰ：　http://cocorodama.webcrow.jp/

### がんばりっこ仲間

ママが運営する、低体重児・病児・障がい児親とその応援団の広場。子どもの状況が同じ、こんな人と出会いたいなど、日本全国のママ・パパをつなぎます。
ＨＰ：　http://www.ganbarikko.net/

### しぶたね

病気の子どもの「きょうだい」が安心して自分の気持ちを話せるように「きょうだい児支援」をおこなっています。『きょうだいさんのための本　たいせつなあなたへ』は親子で愛情を伝え合える素敵なツール。私も活用しています。
ブログ：http://blog.canpan.info/sib-tane/

### ブーフーウーxディック・ブルーナ　バリアフリー企画

子ども服ブーフーウーとディック・ブルーナがコラボレーション。すべての人が共存する優しい環境を目指す、バリアフリーを広げるための商品をつくりました。
ＨＰ：　http://www.dickbruna.jp/news/201410/2281.html

### ふくやまっこ広場

一般社団法人日本筋ジストロフィー協会の分科会、福山型先天性筋ジストロフィーの患者家族「ふくやまっこ家族の会」のホームページです。
ＨＰ：　http://fukuyamakko.com/

# 障がい者、難病の人たちを応援している素敵な団体

真心が障がい児、難病という事実がわかったとき、私の家族だけが大変で、障がいや病気と関わりのない人たちとの間に溝ができたような気持ちになりました。でも、真心のおかげでさまざまな出会いがあり、今はこう感じています。「世のなか捨てたもんじゃないな♡」

ここで紹介するのは、私が今まで出会った団体で、ほんのわずかな情報ですが、もし、あなたが少しでも「孤独」を感じていたとしたら、世のなかには「一緒にみんなで生きていこう！」と手を差し伸べて待っている人たちがいることを思い出してみてください（利害関係はなく、個人的に応援している団体です。順不同）。

## 公益社団法人「難病の子どもとその家族へ夢を」

難病と闘う子どもとその家族へのサポートを通して、「現代社会が忘れかけている“絆（つながり）”の大切さを改めて世のなかに広げていきたい」という思いで活動されている団体です。

ＨＰ：　http://www.yumewo.org/

## ＮＰＯ法人　Ｕｂｄｏｂｅ（ウブドベ）

「音楽×アート×医療福祉を通じて、あらゆる人々の積極的社会参加を推進」を目指しています。

ＨＰ：　http://ubdobe.jp/

## 心《こころ》魂《だま》プロジェクト

劇団四季・宝塚出身者をメインにさまざまなアーティストが、ライブや学校・企業向けプログラムなどで得た活動資金を使って、病院や被災地の子どもたちの元に訪れ、できるだけ無償で「ライブ」「絵本ミュージカルの上演」

# 今を生きるということ

加藤悠太
「Seize the day」（今を生きる）
妻のさくらと、人生をめいっぱい楽しむために今を大切にしよう。そんな思いで、自分の大切な言葉を、妻の結婚指輪の裏に刻みました。
2010年9月27日、病院の医師に「覚悟してください」と告げられてから、私たち夫婦から笑顔がなくなりました。次女の病は治らない、そう絶望し、しばらくの間、イヤな想像ばかりして、暗い未来ばかりを考えていたような気がします。
でも、ときが経つにつれて、少しずつ平静さを取り戻していきました。
「振り子は激しく揺れてもそのうち止まるように、きっと心も落ち着くよ」
本書にも登場する妻と共通の職場の先輩、佳子さんの言葉は本当でした。

真心の笑顔に気づいたのもこの頃だったと思います。「いつも笑っている真心、この子は今を生きているな……」と。

一度限りの人生、真心は、今を心から楽しんでいて、人生の先生のようにさえ思うことがあります。

そして、今では妻のさくらも、常にワクワクを求めて人生を歩んでいますし、長女のゆとりは、その名のとおり、マイペースで今を楽しく生きています。

僕のほうはというと……、真心の病気を受け入れることはできました。しかし、相変わらず、仕事の悩みを引きずったり、家族との時間をうまくつくれなかったりして、「今ここに生きる」ことに集中できていないなぁという感じです。

ただ、以前よりは、「与えてもらった人生を楽しもう！」と思えるようになったのと、人の弱さと強さを少しずつ理解できるようになってきたかなと思います。

わが子を守る覚悟は、誕生の瞬間からできていましたが、最近では、楽しく生きていく覚悟も固まってきました。

ごくごく普通の加藤家が出版をさせていただいて大変恐縮していますが、私たちの体験が、何かしらでもお役に立てたら幸いです。

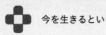

# おわりに

長女のゆとりが小学校1年生の夏休みの宿題で、読書感想文を書きました。読んだ本は『笑顔の挑戦』（村上政彦作／大堅汐画、第三文明社）という筋ジストロフィーの少年が主人公の物語です（正確には、漫画です）。

主人公の病気は真心とは違う型の筋ジストロフィーですが、徐々に寝たきりになっていく様子、運動面での障がいなど、共通する部分もあります。私の本棚から見つけてきて、「面白い」と言って10回くらい読んだんじゃないかな。6歳のゆとりが何を感じ、どう考えているのか……神妙な面持《おもも》ちで書き終えた感想文を読みました。

ところが、そこに書いてあったのは「きんジストロフィーは、ごうかな、なまえです。〝きん〟もついてるし、〝トロフィー〟もついているからです」

なるほど！　金とトロフィーか！　確かに豪華だ！　と思わず爆笑。そのほかには、「いもうとも同じきんジストロフィーなので、歩けるのはあたりまえじゃないと思います」「でも、いもうとは抱っこしてもらえるからうれしいと思います。私もいいなと思います」と書いてありました。

子どもらしい純粋な文章で、ゆとりは色眼鏡をかけずに、透明な心で真心のことを見ているのだなぁと改めて思いました。

「幸せに生きたい」と心で思っていても、つい頭で「でも、大変だし……」と考えて、幸せの道から遠回りしがちだった私が、まっすぐと幸せの道を歩むことができるようになったのは、沖縄の人間学講師、金城幸政先生のおかげです。

先生の著書『あなたのなかのやんちゃな神さまとつきあう法』（サンマーク出版）の冒頭に、こう書かれています。「人生を変えるには、三秒で変わる道と、三〇年かかる道がある。三秒と三〇年、どっちを選ぶ?」。私は常に三秒で変わる道を選んでいます。だから幸せなのです（詳細が気になる方は、本を読んでみてくださいね）。

先日、両親、姉・妹家族と4度目の宮古島旅行をしました（父が連れて行ってくれました。お父さんありがとう!）。そこで、たくさんの写真を撮ってきましたが、宮古島の透き通った青い海のような爽やかな笑顔を真心が見せてくれるたびに、私も自然と笑顔になる反面、この笑顔が見られなくなったら寂しいなぁ……としんみりした気持ちになり、涙が出そうになるのを堪《こら》えている自分がいました。

「真心の病気をだいぶ受け入れられた」と思っている今でも、病気の症状が進むことや、いずれ迎える死、会えなくなることを考えると、やっぱり心がギューッと締めつけられて涙が出てきます。でも、それは真心に限らず、目の前にいる大切な人たち全員に対して当てはまることなんですよね。笑顔の大切さ、そして命は有限であること。真心は大事なことを「病気」を通して常に体感&痛感させてくれているのだと思います。だから、私は発信し続けようと思います。真心が生きているかぎり。

最後に、この本を出版させていただくにあたり、ご縁をつないでくれた、同じ志で活動する友でありバースセラピストのやまがたてるえさん、文章を書くことに対して苦手意識が高い私を優しく包み込み大船に乗った気持ちにさせてくれ、見守り大いに助けてくださった出版プロデューサーの梅木里佳さん、出版を現実のものにしてくださった光文社の森岡編集長、藤さん、本当にありがとうございました。

また、この本を手に取り、読んでくださった〝あなた〟。夢のような出会いだと思う反面、真心が引き寄せてくれた必然のご縁だとも思っています。本を読み、私たち家族と出会ってくださり、ありがとうございました。

そして、近くでいつも私たち家族を支えてくれている仲間たち、誰よりも私たちの幸せを願いサポートしてくれている家族のみんな。みんながいるから、私たちは胸を張って前を向いて生きていけます。

私を生み育ててくれたお父さん、お母さん、悠太さんを生み育ててくれたお義父さん、お義母さん。いつもありがとうございます。私たちは今とっても幸せです。

When you smile, the world will smile back at you.
(あなたが笑えば、周りに笑顔があふれ出す)

私たち大人が笑顔で幸せに生きれば、子どもたちも安心して、今この瞬間を笑顔で生きることができると思います。これからも、目の前で咲く笑顔を大切に味わい、自分の笑顔も全身全霊で咲かせて、世の中に笑顔を伝染していきます！

なんてったって名前が〝さくら〟ですから(笑)。

２０１５年8月　　加藤さくら

加藤さくら（かとうさくら）

親業インストラクター。心理カウンセラー。「Mom time to live your life 81」主宰。英会話スクールで営業、クライアントケア、エリアマネージャーを務めたのち、日本メンタルヘルス協会公認心理カウンセラーを取得。2007年、結婚、長女出産、2010年に次女出産後、親業訓練協会認定インストラクターになる。次女、真心の筋ジストロフィーという難病と向き合いながら、笑顔で前を向いて生きている姿は、ドキュメンタリー映画「えがおのローソク」として、全国各地で自主上映され、老若男女問わず多くの人たちに「えがおは宝物」であることを発信し続けている。

◆加藤さくらHP「SAKURA KATO @ home」 http://www.sakurakato.com/

◆ドキュメンタリー映画「えがおのローソク」HP http://www.egaonorosoku.com/

衣装協力／「ディック・ブルーナ×ブーフーウー　こころのボーダーをなくそう」（カバー, P5, 185の写真で、真心ちゃん、ゆとりちゃんが着ている長袖Tシャツ）

---


えがおの宝物《たからもの》

進行《しんこう》する病《びょう》気《き》の娘《むすめ》が教《おし》えてくれた「人生《じんせい》で一番大切《いちばんたいせつ》なこと」

2015年8月20日　初版1刷発行
2016年9月5日　　　2刷発行

著者　加《か》藤《とう》さくら
発行者　駒井稔
発行所　株式会社 光文社
〒112-8011　東京都文京区音羽1-16-6
電話　編集部03-5395-8172　書籍販売部03-5395-8116　業務部03-5395-8125
メール　non@kobunsha.com
落丁本・乱丁本は業務部へご連絡くだされば、お取替えいたします。
印刷所　萩原印刷
製本所　ナショナル製本





ISBN 978-4-334-97835-8
JASRAC 出 1506829-602